蘇老泉文集·蘇文嗜·蘇文

遼寧省圖書館藏陶湘舊藏閔凌刻本集成

3

遼寧省圖書館 編

中華書局

第三册目録

蘇文嗜六卷（卷三—卷六）

（宋）蘇洵 撰
（明）茅坤 集評

明凌雲刻三色套印本

茅坤曰此老泉經世之文也其議論多雜以申韓弟謂其與擧子業較近故並録之

蘇文嗜卷三

衡論

衡論敘

事有可以盡告人者有可告人以其端而不可盡者盡以告人其難在告人以其端其難在用今夫衡之有刻也於此爲銖於此爲石求之而不得曰是非善衡焉可也曰權罪者非也始吾作權書以爲其用可以至於無窮而亦可以

善衡正是善權妙論

至於無用於是又作衡論十篇嗚呼從吾說而不見其成乃今可以罪我焉耳

唐順之曰通篇雖係老泉縱橫之旨亦世上不可不知

茅坤曰文如怒馬奔逸絕塵不可羈制大略若蘇文齊邁奮迅令人心棹如此

遠慮

聖人之道有經有權有機是以民有羣臣而又有腹心之臣曰經者天下之民舉知之可也曰權者民不得而知矣羣臣知之可也曰機者雖羣臣亦不得而知矣腹心之臣知之可也夫使聖人而無權則無以成天下之務無機則無以濟萬世之功然皆非天下之民所宜知而機者又羣臣所不得聞羣臣不得聞誰與議不若

敘事參差不齊章法也

焦竑曰妙在不若後世之詐句不然机械机變殊非遠慮

不濟然則所謂腹心之臣者不可一日無也後世見三代取天下以仁義而守之以禮樂也則曰聖人無機夫取天下與守天下無機不能顧三代聖人之機不若後世之詐故後世不得見耳有機也是以有腹心之臣禹有益湯有伊尹武王有太公望是三臣者聞天下之所不聞知羣臣之所不知禹與湯武倡其機於上而三臣者和之於下以成萬世之功下而至於桓文有

管仲狐偃爲之謀主闔廬有伍員勾踐有范蠡大夫種高祖之起也大將任韓信黥布彭越裨將任曹參樊噲滕公灌嬰游說諸侯任酈生陸賈樅公至於奇機密謀羣臣所不與者唯留侯鄼侯二人唐太宗之臣多奇才而委之深任之密者亦不過曰房杜夫君子爲善之心與小人爲惡之心一也君子有機以成其善小人有機以成其惡有機也雖惡亦或濟無機也雖善亦

不克是故腹心之臣不可以一日無也司馬氏魏之賊也有賈充之徒爲之腹心之臣以濟陳勝吳廣秦民之湯武也無腹心之臣以不克何則無腹心之臣者無機也有機而泄也夫無機與有機而泄者譬如虎豹食人而不知設陷穽設陷穽而不知以物覆其上者也或曰機者創業之君所假以濟耳守成之世奚事機而安用夫腹心之臣嗚呼守成之世能遂熈然如太

此是取天下者

焦竑曰子少國危腹心臣自不可少然有才無節司馬仲達失之有節無氣荀息失之高之取勃以厚重武之取光以無他技如宋王曾韓琦可稱其任

古之世矣乎未也吾未見機之可去也且夫天下之變常伏於燕安田文所謂少國危大臣未附如此等事何世無之當是之時而無腹心之臣可爲寒心哉昔者高祖之末天下既定矣而又以周勃遺孝惠孝文武帝之末天下既治矣而又以霍光遺孝昭孝宣蓋天下雖有泰山之勢而聖人常以累卵爲心故雖守成之世而腹心之臣不可去也傳曰百官總已以聽于冢

以上是守成者

茅坤曰指時弊極痛快

宰彼冢宰者非腹心之臣天子安能舉天下之事委之三年而不置疑於其間邪又曰五載一巡狩彼無腹心之臣五載一出捐千里之畿而誰與守邪今夫一家之中必有宗老一介之士必有密友以開胸心以濟緩急柰何天子而無腹心之臣乎近世之君抗然于上而使宰相𦔳然于下上下不接而其上心不通矣臣視君如天之邈然而不可親而君亦如天之視人泊然無

愛之之心也是以社稷之憂彼不以爲憂社稷之喜彼不以爲喜君憂不辱君辱不死一人譽之則用之一人毀之則捨之宰相避嫌畏譏且不暇何暇盡心以憂社稷數遷數易視相府如傳舍百官泛泛於下而天子惸惸於上一旦有卒然之憂吾未見其不顛沛而殞越也聖人之任腹心之臣也尊之如父師愛之如兄弟握手入臥內同起居寢食知無不言言無不盡百人

錢穀曰澶淵之役誠自卓如乾祐天書説者以為不學無術

譽之不加窮百人毀之不加踈尊其爵厚其祿重其權而後可以議天下之機慮天下之變太祖用趙中令也得其道矣近者寇萊公亦誠其人然與之權輕故終以見逐而天下幾有不測之變然則其必使之可以生殺人而後可也

茅坤曰論將以起扣論相以起將實伴主蘇文家法

不為不能從王子來

茅坤曰老蘇論御下將以智引漢高待韓彭一著似痛快矣獨不思宋祖御將更有變分智之一字決非至理

御將

人君御臣相易而將難將有二有賢將有才將而御才將尤難御相以禮御將以術御賢將之術以信御才將之術以智不以禮不以信是不為也不以術不以智是不能也故曰御將難而御才將尤難六畜其初皆獸也彼虎豹能搏能噬而馬亦能蹄牛亦能觸先王知能搏能噬者不可以人力制故殺之殺之不能驅之而後已

蹄者可馭以羈紲觸者可拘以福衡故先王不忍棄其才而廢天下之用如曰是能蹄是能觸當與虎豹并殺而同驅則是天下無騏驥終無以服乘邪先王之選才也自非大姦劇惡如虎豹之不可以變其搏噬者未有不欲制之以術而全其才以適於用況為將者又不可責以廉隅細謹顧其才何如耳漢之衛霍趙充國唐之李靖李勣賢將也漢之韓信黥布彭越唐之薛

集評曰其才何如句含後才有大小意

茅坤曰先爲西端以發已所見

萬徹侯君集盛彥師才將也賢將既不多有得才者而任之苟又曰是難御則是不肖者而後可也結以重恩示以赤心美田宅大飲饌歌童舞女以極其口腹耳目之欲而折之以威此先王之所以御才將也近之論者或曰將之所以畢智竭慮犯霜露蹈白刃而不辭者冀賞耳爲國家者不如勿先賞以邀其成功或曰賞所以使人不先賞人不爲我用是皆一隅之說非通

主意

轉

又推出才大才小作兩段議論

焦竑曰大才小才前已說盡得此一喻一正文有波致

論也將之才固有小大傑然於庸將之中者才小者也傑然於才將之中者才大者也才小志亦小才大志亦大人君當觀其才之大小而爲之制御之術以稱其志一隅之說不可用也夫養騏驥者豐其芻粒潔其羈絡居之新閑浴之清泉而後責之千里彼騏驥者其志常在千里也夫豈以一飽而廢其志哉至於養鷹則不然獲一雉飼以一雀獲一兎飼以一鼠彼知不盡

又翻一志字

此段總住相形說文字譬喻要如易立象寓不窮意自有文字來譬喻莫善於莊子次則戰國策次則蘇氏父子耳

唐順之曰古人論事必有所據

姜寶曰是老蘇善讀書處看破

力於擊搏則其勢無所得食故然後爲我用才大者騏驥也不先賞之是養騏驥者饑之而責其千里不可得也才小者鷹也先賞之是養鷹者飽之而求其擊搏亦不可得也是故先賞之說可施之才大者不先賞之說可施之才小者兼而用之可也昔者漢高祖一見韓信而授以上將解衣衣之推食哺之一見黥布而以爲淮南王供具飲食如王者一見彭越而以爲相國

漢高駕馭英雄之意

當是時三人者未有功於漢也厥後追項籍垓下與信越期而不至捐數千里之地以畀之如弃弊屣項氏未滅天下未定而三人者已極富貴矣何則高帝知三人者之志大不極於富貴則不爲我用雖極於富貴而不滅項氏不定天下則其志不巳也至於樊噲滕公灌嬰之徒則不然拔一城陷一陣而後增數級之爵否則終歲不遷也項氏巳滅天下巳定樊噲滕公灌嬰

錢穀曰老泉志在才大之將難馭故獨言韓信

茅坤曰三轉譬諸懸千里之江漢而注之海更作一番波瀾端急處

之徒討百戰之功而後爵之通侯夫豈高帝至此而畜哉知其才小而志小雖不先賞不怨而先賞之則彼將泰然自滿而不復以立功爲事故也噫方韓信之立於齊蒯通武涉之說未去也當此之時而奪之王漢其殆哉夫人豈不欲三分天下而自立者而彼則曰漢王不奪我齊也故齊不捐則韓信不懷韓信無内心則天下非漢之有嗚呼高帝可謂知大計矣

此篇有格局一步進一步不似他篇各爲虛
駁
篇中引証議論從戰國策來

只以隆礼重責展轉立論筆巧而意不窮

茅坤曰任相以禮

焦竑曰陳應求常告孝宗曰近時宰相罷去則所用之人一切罷去觀此言宋時待相之薄可知老泉有感而發

任相

古之善觀人之國者觀其相何如人而已議者常曰將與相均將特一大有司耳非相侔也國有征伐而後將權重有征伐無征伐相皆不可一日輕相賢邪則羣有司皆賢而將亦賢矣將賢邪相雖不賢將不可易也故曰將特一大有司耳非相侔也任相之道與任將不同爲將者大槩多才而或頑鈍無耻非皆節廉好禮不可

庭帷之曰宋祖之待漢超其武帝之術乎大約善將將者亦術而左成

犯者也故不必優以禮貌而其有不羈不法之事則亦不可以常法御何則豪縱不趨約束者亦將之常態也武帝視大將軍往往踞廁而李廣利破大宛侵殺士卒之罪則寢而不問此任將之道也若夫相必節廉好禮者爲也又非豪縱不趨約束者爲也故接之以禮而重責之古者相見於天子天子爲之離席起立在道爲之下輿有病親問不幸而死親弔待之如此其厚

一篇主意

焦竑曰此等議論可爲黼扆之箴不可爲人臣開一線之路

然其有罪亦不私也天地大變天下大過而相以不起聞矣相不勝任策書至而布衣出府免矣相有他失而棧車牝馬歸以思過矣夫接之以禮然後可以重其責而使無怨言責之重然後接之以禮而不爲過禮薄而責重彼將曰主上遇我以何禮而重我以此責也甚矣責輕而禮重彼將遂弛然不肯自飭故禮以維其心而重責以勉其怠而後爲相者莫不盡忠於朝廷

而不卹其私吾觀賈誼書至所謂長太息者常反覆讀不能已以爲誼生文帝時文帝遇將相大臣不爲無禮獨周勃一下獄誼遂發此使誼生於近世見其所以遇宰相者則當復何如也夫湯武之德三尺豎子皆知其爲聖人而猶有伊尹太公者爲師友焉伊尹太公非賢於湯武也而二聖人者特不顧以師友之以明有尊也噫近世之君姑勿責於此天子御坐見宰相而

有抑揚
尊尊貴貴四字從孟子來

唐順之曰老泉此論果于用禮者亦可果于用刑非刑不上大夫之意也呂顯

起者有之乎無矣在輿而下者有之乎亦無矣天子坐殿上宰相與百官趨走於下掌儀之官名而呼之若郡守召胥吏耳雖臣子爲此亦不過而尊尊貴貴之道不若是褻也夫既不能接之以禮則其罪之也吾法將亦不得用何者不果於用禮而果於用刑則其心不服故法曰有某罪而加之以某刑乃其免相也既曰有某罪而刑不加焉不過削之一官而出之大藩鎮此

詞意激

浩謂高宗曰輔弼大臣縱有大罪止從貶竄宜哉是言與老泉之論加罪賈誼之論自裁者迥別

其弊皆始於不爲之禮賈誼曰中罪而自弛大罪而自裁夫人不我誅而安忍棄其身此必有大愧於其君故人君者必有以愧其臣故其臣有所不爲武帝嘗以不冠見平津侯故當天下多事朝廷憂懼之際使石慶得容於其間而無怪焉然則必其待之如禮而後可以責之如法也且吾聞之待以禮而彼不自效以報其上重其責而彼不自勉以全其身安其祿位成其功

此轉更高平波中湧出一浪頭

茅坤曰：單收一句極挽，且有冷致。

名者，天下無有也。彼入主傲然於上，不禮宰相以自尊大者，孰若使宰相自效以報其上之爲利？宰相利其君之不責而豐其私者，孰若自勉以全其身、安其禄位、成其功名之爲福？吾又未見去利而就害、遠福而求禍者也。

唐順之曰論重遠處旨悉茅坤曰並切今世事情錄以備舉子家經濟之一

就徼篇〻句法多類此接得緊

重遠

武王不泄邇不忘遠仁矣乎非仁也勢也天下之勢猶一身一身之中手足病於外則腹心爲之深思靜慮於內而求其所以療之之術腹心病於內則手足爲之奔掉於外而求其所以療之之物腹心手足之相救非待仁而後然吾故曰武王不泄邇不忘遠非仁也勢也勢如此其急而古之君獨武王然者何也人皆知一身

以上發明不淺二句至此又深一步

之勢而武王知天下之勢也夫不知一身之勢者一身危而不知天下之勢者天下不危乎哉秦之保關中自以爲子孫萬世帝王之業而陳勝吳廣乃楚人也由此觀之天下之勢遠近如一然以吾言之近之可憂未若遠之可憂者深也近之官吏賢邪民謩之歌之不賢邪譏之謗之謩歌譏謗者衆則必傳傳則必達於朝廷是官吏之賢否易知也一夫不獲其所訴之刺史

一証凜然

茅坤曰晴說廣南川峽貪官之弊

刺史不問裹糧走京師緩不過旬月撾鼓叫號而有司不得不省矣是民有寃易訴也吏之賢否易知而民之寃易訴亂何從始邪遠方之民雖使盜蹠爲之郡守檮杌饕餮爲之縣令郡縣之民羣嘲而聚罵者雖千百爲輩朝廷不知也白日執人於市誣以殺人雖其兄弟妻子聞之亦不過訴之刺史不幸而刺史又抑之則死且無告矣彼見郡守縣令據案執筆吏卒旁列箠

首他過接與前不同又徵應入本意相形說

茅坤曰論遠近層遞確

械滿前駭然而喪膽矣則其謂京師天子所居者當復如何而又行數千里費且百萬富者尚或難之而貧者又何能乎故其民常多怨而易動吾故曰近之可憂未若遠之可憂之深也國家分十七路河朔陝右南廣川峽實爲要區河朔陝右二虜之防而中國之所恃以安南廣川峽貨財之源而河朔陝右之所恃以全其勢之輕重如何哉曩者北胡驕恣西寇勃叛河朔陝

焦竑曰今京官課殿則出補外外可藏垢乎安能禁其爲盜蹠爲檮杌乎名曰重內內實受病

右尤所加卹一郡守一縣令未嘗不擇至於南廣川峽則例以爲遠官審官差除取具臨時寃謫量移往往而至凡朝廷稍所優異者不復官之南廣川峽而其人亦以南廣川峽之官爲失職庸人無所歸故常聚於此嗚呼知河朔陝右之可重而不知河朔陝右之所恃以全之地之不可輕是欲富其倉而蕪其田倉不可得而富也矧其地控制南夷氐蠻最爲要害土之所產

唐順之曰推說廣南川峽之當郵老泉爲宗室深慮正在此

又極富夥明珠大貝紈錦布帛皆極精好陸負水載出境而其利百倍然而關譏門征僦雇之費非百姓私力所能辦故貪官專其利而齊民受其病不招權不鬻獄者世俗遂指以爲廉吏矣而招權鬻獄者又豈盡無嗚呼吏不能皆廉而廉者又止如此是斯民不得一日安也方今賦取日重科歛日煩罷弊之民不任官吏復有所規求於其間矣淳化中李順竊發於蜀州郡

以此爲慮與安石自別

焦竑曰不忘遠臣制廣吏而又重責漕刑以係任諸吏要而不煩

數十望風奔潰近者智高亂廣南乘勝取九城如反掌國家設城池養士卒蓄器械儲米粟以爲戰守備而凶豎一起若涉無人之地者吏不肖也今夫以一身任一方之責者莫若漕刑南廣川峽既爲天下要區而其中之郡縣又有爲南廣川峽之要區者其牧宰之賢否實一方所以安危幸而賢則已其戕民黷貨的然有罪可誅者漕刑固亦得以舉劾若夫庸陋巽耎不才

而無過者漕刑雖賢明其勢不得易置此猶弊車蹩馬而求僕夫之善御也郡縣有敗事不以責漕刑則不可責之則彼必曰敗事者某所治某所者某人也吾將何所歸罪故莫若使漕刑自舉其人而任之它日有敗事則謂之曰爾謂此人堪此職也今不堪此職是爾欺我也責有所任罪無所逃然而擇之不得其人者蓋寡矣其餘郡縣雖非一方之所以安危者亦當詔審

焦竑曰懲貪又根蠹說得周到不然第取鎮雅矣以理煩

有斟酌

结归重不忘遠方

官俾勿輕授贓吏冗流勿措其間則民雖在千里外無異於處畿甸中矣

茅坤曰：韓子不幸而出于胥商之族一段議論與此畧同

解上意只以數字引過而文采燦然

廣士

欲說胥史賤吏先說盜賊夷狄

古之取士於盜賊，取於夷狄。古之人非以盜賊夷狄之事可爲也，以賢之所在而已矣。夫賢之所在，貴而貴取焉，賤而賤取焉。是以盜賊下人，夷狄異類，雖奴隸之所恥，而往往登之朝廷，坐之郡國，而不以爲怍。而繩趨尺步、華言華服者，往往反擯棄不用。何則？天下之能繩趨而尺步、華言而華服者衆也，朝廷之政，郡國之事，非

以下連舉五段勢如破竹

特如此而可治也彼雖不能繩趨而尺步華言而華服然而其才果可用於此則居此位可也古者天下之國大而多士大夫者不過曰齊與秦也而管夷吾相齊賢也而舉二盜焉穆公霸秦賢也而舉由余焉是其能果於是非而不牽於衆人之議也未聞有以用盜賊夷狄而鄙之者也今有人非盜賊非夷狄而猶不獲用吾不知其何故也夫古之用人無擇於勢布衣寒士

証冒意

関舉責

又旅起

唐順之曰我朝用人科貢二塗外雜流異品不得互主薦紳議功名于世余不能無感

詹惟脩曰今之伏穴而磨旗汨

而賢則用之公卿之子弟而賢則用之武夫健卒而賢則用之巫醫方技而賢則用之胥史賤吏而賢則用之今也布衣寒士持方尺之紙書聲病剽竊之文而至享萬鍾之祿卿大夫之子弟飽食於家一出而驅高車駕大馬以爲民上武夫健卒有灑掃之力奔走之舊久乃領藩郡執兵柄巫醫方技一言之中大臣且舉以爲吏若此者皆非賢也皆非功也是今之所以進之

淵而唱棹者衣在有焉取人不廣則若人者不帶牛佩犢則南越比胡矣往者劉烈藍瑞鄉鄙本懟齊彥名以華亂華嘉寧田小兒宋素卿莫登庸以華入夷是可鑒也

之塗多於古也而胥史賤吏獨棄而不錄使老死於敲榜趨走而賢與功者不獲一施吾甚惑也不知胥吏之賢優而養之則儒生武士或所不若昔者漢有天下平津侯樂安侯輩皆號爲儒宗而卒不能爲漢立不世大功而其卓絕雋偉震耀四海者乃其賢人之出於吏胥中者耳夫趙廣漢河間之郡吏也尹翁歸河東之獄吏也張敞太守之卒史也王尊涿郡之書佐也是

本旨

皆雄雋明博出之可以爲將而内之可以爲相者也而皆出於吏胥中者有以也夫吏胥之人少而習法律長而習獄訟老姦大豪畏憚懾伏吏之情狀變化出入無不諳究因而官之則豪民滑吏之弊表裏毫末畢見於外無所逃遁而又上之人擇之以才遇之以禮而其志復自知得自奮於公卿故終不肯自棄於惡以賈罪戾而敗其終身之利故當此時士君子皆優爲之

發揮本旨

茅坤曰：大惡一轉，揚中之抑，文情頓挫。

張之象曰：賈太傅云如遇犬馬，彼將犬馬自為也；如遇官徒，彼將官徒自為也。大臣且然，況胥吏乎？

而其間自縱於大惡者，大約亦不過幾人。而其尤賢者，乃至成功如是。今之吏胥則不然，始而入之不擇也，終而遇之以犬彘也。長吏一怒，不問罪否，袒而笞之；喜而接之，乃反與交手為市。其人常曰：長吏待我以犬彘，我何望而不為犬彘哉？是以平民不能自棄為犬彘之行，不肯為吏矣，況士君子而肯俛首為之乎？然欲使之謹飭可用，如兩漢亦不過擇之以才，待之以禮，恕（逼處得回顧法）

其小過而棄絕其大惡之不可貰忍者而後察其賢有功而爵之祿之貴之勿棄之於冗流之間則彼有冀於功名自尊其身不敢匃奪而奇才絕智出矣夫人固有才智奇絕而不能爲章句名數聲律之學者又有不幸而不爲者苟一之以進士制策是使奇才絕智有時而窮也使吏胥之人得出爲長吏是使一介之才無所逃也進士制策網之於上此又網之於下而曰天

下有遺才者。吾不信也。

茅坤曰養奇傑之士而挈出古者議然一段直是刺骨

養才

此文實老泉憤已之不用而發細味之可見

夫人之所爲有可勉強者有不可勉強者煦煦然而爲仁孑孑然而爲義不食片言以爲信不見小利以爲廉雖古之所謂仁與義與信與廉者不止若是而天下之人亦不曰是非仁人是非義人是非信人是非廉人此則無諸已而可勉強以到者也在朝廷而百官肅在邊鄙而四夷懼坐之於繁劇紛擾之中而不亂投之於羽

檄奔走之地而不慼爲吏而爲吏爲將而爲將若是者非天之所與性之所有不可勉强而能也道與德可勉以進也才不可强揠以進也今有二人焉一人善揖讓一人善騎射則人未有不以揖讓賢於騎射矣然而揖讓者未必善騎射而騎射者捨其弓以揖讓於其間則未必失容何哉才難强而道易勉也吾觀世之用人好以可勉强之道與德而加之不可勉强之才之

錢穀曰論奇如此與不飛不鳴若藏若沒者懸矣

此下之過翮翮有俠氣

上而曰我貴賢賤能是以道與德未足以化人而才有遺焉然而爲此者亦有由矣有才者而不能爲衆人所勉强者耳何則奇傑之士常好自負踈雋傲誕不自繩檢往往冐法律觸刑禁叫號讙呼以發其一時之樂而不顧其禍嗜利酗酒使氣傲物志氣一發則偶然遠去不可羈束以禮法然及其一旦翻然而悟折節而不爲此以留意於嚮所謂道與德可勉强者則何病

照上捨多攝讓意

此上之過

辱順之曰歸責于君爲上段出脫

不至柰何以樸樕小道加諸其上哉夫其不肯規規以事禮法而必自縱以爲此者乃上之人之過也古之養奇傑也任之以權尊之以爵厚之以祿重之以恩責之以措置天下之務而易其平居自縱之心而聲色耳目之欲又以極於外故不待放恣而後爲樂今則不然奇傑無尺寸之柄位一命之爵食斗升之祿者過半彼又安得不越法逾禮而自快邪我又安可急之以

文覆此老

照上人之過以了自負一段

婉切

焦竑曰衛懿之戰人以鶴辭之爲不養士之鑒

有斟酌有照應

婉

引証全學韓文然無一句相似

法使不得泰然自縱邪今我繩之以法亦已急矣急之而不已而隨之以刑則彼有北走胡南走越耳噫無事之時既不能養及其不幸一旦有邊境之患繁亂難治之事而後優詔以召之豐爵重祿以結之則彼已憾矣夫彼固非純忠者也又安肯默然於窮困無用之地而已邪周公之時天下號爲至治四夷已臣服卿大夫士已稱職當是時雖有奇傑無所復用而其禮法

虞川之曰讀漢武賢良詔曰泛駕之馬跅弛之士亦在御之而已老泉議祖此

風俗尤復細密舉朝廷與四海之人無不遵蹈而其八議之中猶有曰議能者况當今天下未甚至治四夷未盡臣服卿大夫士未盡稱職禮法風俗又非細密如周之盛時而奇傑之士復有困於簿書米鹽間者則反可不議其能而恕之乎所宜哀其才而貰其過無使爲刀筆吏所困則庶乎盡其才矣或曰奇傑之士有過得以免則天下之人孰不自謂奇傑而欲免其過者

焦竑曰非真奇傑一傚則好龍不得真畫龍溪可慮老泉淺力處

是終亦潰法亂敎耳曰是則然矣然而奇傑之
所爲必挺然出於衆人之上苟指其已成之功
以曉天下俾得以贖其過而其未有功者則委
之以難治之事而責其成績則天下之人不敢
自謂奇傑而眞奇傑者出矣

唐順之曰古今分欵如鹽鐵中古今之異一段

茅坤曰情曲而事覈文則鬯

申法

古之法簡今之法繁簡者不便於今而繁者不便於古非今之法不若古之法而今之時不若古之時也先王之作法也莫不欲服民之心服民之心必得其情情然邪而罪亦然則固入吾法矣而民之情又不皆如其罪之輕重大小是以先王忿其辠而哀其無辜故法舉其略而吏制其詳殺人者死傷人者刑則以著于法使民

莊元臣曰奸吏固難任任法則奸吏并其法而竊之此處宜別有裁置

知天子之不欲我殺人傷人耳若其輕重出入求其情而服其心者則以屬吏任吏而不任法故其法簡今則不然吏姦矣不若古之良民媮矣不若古之淳吏姦則以喜怒制其輕重而出入之或至於誣執民媮則吏雖以情出入而彼得執其罪之大小以爲辭故今之法纖悉委備不執于一左右前後四顧而不可逃是以輕重其罪出入其情皆可以求之法吏不奉法輒以

茅坤曰以下五條皆非治法之大

舉劾任法而不任吏故其法繁古之法若方書論其大槩而增損劑量則以屬醫者使之視人之疾而參以已意令之法若鬻屨既爲其大者又爲其次者又爲其小者以求合天下之足故其繁簡則殊而求民之情以服其心則一也然則今之法不劣於古矣而用法者尚不能無弊何則律令之所禁畫一明備雖婦人孺子皆知畏避而其間有習於犯禁而遂不敗者舉天下

錢穀曰同律度量衡固是古法

皆知之而未嘗怪也先王欲杜天下之欺也爲之度以一天下之長短爲之量以齊天下之多寡爲之權衡以信天下之輕重故度量權衡法必資之官資之官而後天下同今也庶民之家刻木比竹繩絲縋石以爲之富商豪賈内以大出以小齊人適楚不知其孰爲斗孰爲斛持東家之尺而校之西鄰則若十指然此舉天下皆知之而未嘗怪者一也先王惡奇貨之蕩民且

一〇私权衡

二〇禁金玉

錢穀曰技珠抵璧寧徒自民禁

錢穀曰賈誼遺論

哀夫微物之不能遂其生也故禁民採珠貝惡夫物之僞而假眞且重費也故禁民糜金以爲塗飾今也採珠貝之民溢於海濱糜金之工肩摩於列肆此又舉天下皆知之而未嘗怪者二也先王患賤之凌貴而下之僭上也故冠服器皿皆以爵列爲等差長短大小莫不有制今也工商之家曳紈錦服珠玉一人之身循其首以至足而犯法者十九此又舉天下皆知之而未

曰三○奢○犯禁

錢穀曰倚縣官
劫齊民當不止
此

嘗怪者三也先王懼天下之吏負縣官之勢以
侵劫齊民也故使市之坐賈視時百物之貴賤
而錄之旬輒以上百以百聞千以千聞以待官
吏之私償十則損三三則損一以聞以備縣官
之公糴令也吏之私價而從縣官公糴之法民
曰公家之取於民也固如是是吏與縣官斂怨
于下此又舉天下皆知之而未嘗怪者四也先
王不欲人之擅天下之利也故仕則不商商則

四 和買

五 常私貸

錢穀曰官與民爭利謂養廉何

裁住浔好

有罰不仕而商商則有征是民之商不免征而吏之商又加以罰今也吏之商既幸而不罰又從而不征資之以縣官公糴之法負之以縣官之徒載之以縣官之舟關防不譏津梁不呵然則爲吏而商誠可樂也民將安所措手此又舉天下皆知之而未嘗怪者五也若此之類不可悉數天下之人耳習目熟以爲當然憲官法吏目擊其事亦恬而不問夫法者天子之法也法

詹惟脩曰吏胥之奸由此五者亦在蕭墻不在朐邪意

明禁之而人明犯之是不有天子之法也衰世之事也而議者皆以爲今之弊不過吏胥骫法以爲姦而吾以爲吏胥之姦由此五者始今有盜白晝持挺入室而主人不知之禁則踰垣穿穴之徒必且相告而恣行於其家其必先治此五者而後詰吏胥之姦可也

茅坤曰輕贖贓罪而端深中宋時優柔之弊而重贖一説尤古今來有識名言

截連不斷

議法

古者以仁義行法律後世以法律行仁義三代之盛王其教化之本出於學校蔓延於天下而形見於禮樂下之民被其風化循循翼翼務爲仁義以求避法律之所禁故其法律雖不用而其所禁亦不爲不行於其間下而至於漢唐其教化不足以動民而一於法律故其民懼法律之及其身亦或相勉爲仁義唐之初大臣房杜

抑揚反覆既不傷觸國家又能盡所欲言真可爲論時事之法

多一亦字

輩爲刑統毫釐輕重明辨别白附以仁義無所阿曲不知周公之刑何以易此但不能先使民務爲仁義使法律之所禁不用而自行如三代時然要其終亦能使民勉爲仁義而其所以不若三代者則有由矣政之失非法之罪也是以宋有天下因而循之變其節目而存其大體比閭小吏奉之以公則老姦大猾束手請死不可漏略然而獄訟常病多盜賊常病衆者則亦有

茅坤曰以上言法公而吏私下又轉法不能公發重贖一議

由矣法之公而吏之私也夫舉公法而寄之私吏猶且若此而況法律之間又不能無失其何以爲治今夫天子之子弟卿大夫與其子弟皆天子之所優異者有罪而使與皁隸並笞而偕戮則大臣無耻而朝廷輕故有贖焉以全其肌膚而厲其節操故贖金者朝廷之體也所以自尊也非與其有罪也夫刑者必痛之而後人畏焉罰者不能痛之必困之而後人懲焉今也大

含輕贖減刑二意

唐順之曰發不可不重贖痛快

辟之誅輸一石之金而免貴人近戚之家一石之金不可勝數是雖使朝殺一人而輸一石之金暮殺一人而輸一石之金金不盡身不可困況以其官而除其罪則一石之金又不啻輸焉是恣其殺人也且不笞不戮彼已幸矣而贖之又輕是啓姦也夫罪固有疑今有或誣以殺人而不能自明者有誠殺人而官不能折以實者是皆不可以誠殺人之法坐由是有減罪之

茅坤曰以上兩條分說

按穆王竊舜典金作贖刑之語而作吕刑舜所

律當死而流使彼爲不能自明者耶去死而得流刑已酷矣使彼爲誠殺人者耶流而不死刑已寬矣是失實也故有啓姦之釁則上之人常幸而下之人雖死而常無告有失實之弊則無辜者多怨而僥倖者易以免今欲刑不加重赦不加多獨於法律之間變其一端而能使不啓姦不失實其莫若重贖然則重贖之說何如曰古者五刑之尤輕者止於墨而墨之罰百鍰逆

贖者官府學校之刑而五刑未嘗贖也穆王則雖大辟亦贖矣

茅坤曰以下是溷說

而數之極於大辟而大辟之罰千鍰此穆王之罰也周公之時則又重於此然千鍰之重亦已當今三百七十斤有奇矣方今大辟之贖不能當其三分之一古者以之赦疑罪而不及公族今也貴人近戚皆贖而疑罪不與記曰公族有死罪致刑于甸人雖君命宥不聽今欲貴人近戚之刑舉從于此則非所以自尊之道故莫若使得與疑罪皆重贖且彼雖號爲富强苟數犯

茅坤曰照前刑不加重赦不加多收拾法好

法而數重困於贖金之間則不能不歛手畏法彼罪疑者雖或非其辜而法亦不至殘潰其肌體若其有罪則法雖不刑而彼固亦已困於贖金矣夫使有罪者不免於困而無辜者不至陷於笞戮一舉而兩利斯智者之爲也

茅坤曰老泉欲以職分籍沒之田作養兵之費不知當時通天下皆有是田否其數亦可幾何若今時則又難行矣

兵制

三代之時舉天下之民皆兵也兵民之分自秦漢始三代之時間有諸侯抗天子之命矣未聞有卒伍叫呼衡行者也秦漢以來諸侯之患不滅於三代而御卒伍者乃如蓄虎豹圈檻一缺咆勃四出其故何也三代之兵耕而食蠶而衣故勞勞則善心生秦漢以來所謂兵者皆坐而衣食於縣官故驕驕則無所不為三代之兵皆

茅坤曰無中生有

齊民老幼相養疾病相救出相禮讓入相慈孝有憂相弔有喜相慶其風俗優柔而和易故其兵畏法而自重秦漢以來號齊民者比之三代則旣巳薄矣况其所謂兵者乃其齊民之中尤爲凶悍桀黠者也故常慢法而自弃夫民耕而食蠶而衣雖不幸而不給猶不我咎也今謂之曰爾毋耕爾毋蠶爲我兵吾衣食爾他日一不充其欲彼將曰嚮謂我毋耕毋蠶今而不我給

楊慎曰井田之廢起于管仲元陳孚題管仲井

也然則怨從是起矣夫以有善心之民畏法自重而不我咎欲其爲亂不可得也既驕矣又慢法而自弃以怨其上欲其不爲亂亦不可得也且夫天下之地不加於三代天下之民衣食乎其中者又不減於三代平居無事占軍籍畜妻子而仰給於斯民者則徧天下不知其數柰何民之不日剝月割以至於流亡而無告也其患始於廢井田開阡陌一壞而不可復收故雖有

洗發民不能給兵以起下戢分籍流二款

詩畫野兮民亂井田百王禮樂散寒煙平生一勺灌汗水不信東溟浪沃天可謂闡幽之論

焦竑曰屯田誠便恨如趙過者絶少

莊元臣曰唐太宗分天下為十道置府六百三十四其在關中者二百六十一有事既後則將解兵歸胡兵解

明君賢臣焦思極慮而求以救其弊卒不過開屯田置府兵使之無事則耕而食耳嗚呼屯田府兵其利既不足以及天下而後世之君又不能循而守之以至於廢陵夷及於五代燕帥劉守光又從而爲之黥面涅手之制天下遂以爲常法使之判然不得與齊民齒故其人益復自弃視齊民如越人矣太祖既受命懲唐季五代之亂聚重兵京師而邊境亦不曰無備損節度

宋軍法一禁兵二廂兵三郷兵四蕃兵

甲歸府衆幾古意焉後承平久朝廷不惜武士衛將佐有假干貴戚為傭奴者而折衝諸帥亦積歲不遷烏得不變而彍騎而神策而卒至敗壞不救也

之權而藩鎮亦不曰無威周與漢唐邦鎮之兵强秦之郡縣之兵弱兵强故末大不掉兵弱故天子孤睽周與漢唐則過而秦則不及得其中者惟吾宋也雖然置帥之方則遠過於前代而制兵之術吾猶有疑焉何者自漢迄唐或開屯田或置府兵使之無事則耕而食而民猶且不勝其弊今屯田蕩無幾而府兵亦已廢欲民之豐阜勢不可也國家治平日久民之趨於農者

集註曰以民養兵而債帥爲之府能無枵腹乎

日益衆而天下無萊田矣以此觀之謂斯民宜如生三代之盛時而乃戚戚嗟嗟無終歲之畜者兵食奪之也三代井田雖三尺童子知其不可復雖然依倣古制漸而圖之則亦庶乎其可也方今天下之田在官者惟二職分也籍没也職分之田募民耕之歛其租之半而歸諸吏籍没則鬻之否則募民耕之歛其租之半而歸諸公職分之田徧于天下自四京以降至於大藩

無脫巾手任田作貢庶頗有定不至後渙然非敎之戰法一段則又不免冗兵

鎮多至四十頃下及一縣亦能千畝籍沒之田不知其數今可勿復鬻然後量給其所募之民家三百畝以爲率前之歛其半者今可損之三分而取其一以歸諸吏與公使之家出一夫爲兵其不欲者聽其歸田而他募謂之新軍毋黥其面毋涅其手毋拘之營三時縱之一時集之授之器械敎之戰法而擇其技之精者以爲長在野督其耕在陣督其戰則其人皆良農也皆

茅坤曰田頭勞則善心生一段

精兵也夫籍沒之田既不復齎則歲益多田益多則新軍益衆而嚮所謂仰給於斯民者雖有廢疾死亡可勿復補如此數十年則天下之兵新軍居十九而皆力田不事他業則其人必純固朴厚無吽呼衡行之憂而斯民不復知有餽餉供億之勞矣或曰昔者斂其半今三分而取一其無乃薄於吏與公乎曰古者公卿大夫之有田也以爲祿而其取之亦不過什一今吏既

焦竑曰說不薄于官真不薄說不剥于民真不列自雜自解斬釘截鐵議論

祿矣給之田則已甚矣况三分而取一則不既優矣乎民之田不幸而籍沒非官之所待以爲富也三分而取一不猶愈於無乎且不如是則彼不勝爲兵故也或曰古者什一而稅取之薄故民勝爲兵今三分而取一可乎曰古者一家之中一人爲正卒其餘爲羡卒田與追胥竭作今家止一夫爲兵况諸古則爲逸故雖取之差重而無害此與周制稍甸縣都役少輕而稅十

二無異也夫民家出一夫而得安坐以食數百畝之田征徭科歛不及其門然則彼亦優爲之矣

唐順之曰有發董生之所未發者
茅坤曰限田之制良爲復古一端惜乎其難行也

田制

古之稅重乎今之稅重乎周公之制園廛二十而稅一近郊十一遠郊二十而二稍甸縣都皆無過十二漆林之征二十而五蓋周之盛時其尤重者至四分而取一其次者乃五而取一然後以次而輕始至於十一而又有輕者也今之稅雖不啻十一然而使縣官無急征無橫斂則亦未至乎四而取一與五而取一之爲多也是

茅坤曰自此至廢井田一段論井田廢而貧富不得其所明悉痛切

今之稅與周之稅輕重之相去無幾也雖然當周之時天下之民歌舞以樂其上之盛德而吾之民反慼慼不樂常若擢筋剝膚以供億其上周之稅如此吾之稅亦如此而其民之哀樂何如此之相遠也其所以然者蓋有由矣周之時用井田井田廢田非耕者之所有而有田者不耕也耕者之田資於富民富民之家地大業廣阡陌連接募召浮客分耕其中鞭笞驅役視以

茅坤曰一以半

奴僕安坐四顧指麾於其間而役屬之民夏爲之耨秋爲之穫無有一人違其節度以嬉而田之所入已得其半耕者得其半有田者一人而耕者十人是以田主日累其半以至於富强耕者日食其半以至於窮餓而無告夫使耕者至於窮餓而不耕不穫者坐而食富强之利猶且不可而况富强之民輸租於縣官而不免於怨歎嗟憤何則彼以其半而供縣官之税不若周

供一以全供了
前古之與今之
怨意

之民以其全力而供其上之税也周之十一以其全力而供十一之税也使以其半供十一之税猶用十二之税然也况今之税又非特止於十一而已則宜乎其怨歎嗟憤之不免也噫貧民耕而不免於饑富民坐而飽以嬉又不免於怨其弊皆起於廢井田井田復則貧民有田以耕榖食粟米不分於富民可以無饑而富民亦不得多占田以錮貧民其勢不耕則無所得食

按馬端臨曰據周授田制則民口之衆寡所當知衆之勤惰所當知民之或長或少或士或商或工所當知蓋古分土而治外而公侯子男內而孤卿大夫所治不過百里世其土子其民故得取其田疇而伍之秦至今分田均田之法隨起隨隳則無封

以地之全力供縣官之稅又可以無怨是以天下之士爭言復井田既又有言者曰奪富民之田以與無田之民則富民不伏此必生亂如乘大亂之後土曠而人稀可以一舉而就高祖之滅秦光武之乘漢可爲而不爲以是爲恨吾又以爲不然今雖使富民皆奉其田而歸諸公乞爲井田其勢亦不可得何則井田之制九夫爲井井間有溝四井爲一邑四邑爲丘四丘爲甸

遂以維持井田耳

茅坤曰詳次井田如畫

甸方八里旁加一里爲一成成間有洫其地百井而方十里四甸爲縣四縣爲都四都方八十里旁加十里爲一同同間有澮其地萬井而方百里百里之間爲澮者一爲洫者百爲溝者萬旣爲井田又必兼修溝洫溝洫之制夫間有遂遂上有徑十夫有溝溝上有畛百夫有洫洫上有涂千夫有澮澮上有道萬夫有川川上有路萬夫之地蓋三十二里有半而其間爲川爲路

茅坤曰以上了井田不可復之意

者一爲澮爲道者九爲洫爲涂者百爲溝爲畛者千爲遂爲徑者萬此二者非塞谿壑平澗谷夷丘陵破墳墓壞廬舍徙城郭易疆壠不可爲也縱使能盡得平原廣野而遂規畫於其中亦當驅天下之人竭天下之糧窮數百年專力於此不治他事而後可以望天下之地盡爲井田盡爲溝洫已而又爲民作屋廬於其中以安其居而後可吁亦已迂矣井田成而民之死其骨

焦竑曰區傳諫莽曰雖堯舜復起而無百年之漸弗能行也老泉論意同此楊用脩以爲至論

已朽矣古者井田之興其必始於唐虞之世乎非唐虞之世則周之世無以成井田唐虞啓之至於夏商稍稍葺治至周而大備周公承之因遂申定其制度疏整其疆界非一日而遽能如此也其所由來者漸矣夫井田雖不可爲而其實便於今今誠有能爲近井田者而用之則亦可以蘇民矣乎聞之董生曰井田雖難卒行宜少近古限民名田以贍不足名田之說蓋出於

茅坤曰此說亦不可行蓋後世

此而後世未有行者非以不便民也懼民不肯損其田以入吾法而遂因此以爲變也孔光何武曰吏民名田無過三十頃期盡三年而犯者沒入官夫三十頃之田周民三十夫之田也縱不能盡如周制一人而兼三十夫之田亦已過矣而期之三年是又迫蹙平民使自壞其業非人情難用吾欲少爲之限而不禁（禁茅作奪）其田嘗已過吾限者但使後之人不敢多占田以過吾限耳

隱蔽詭寄之弊多也

要之數世富者之子孫或不能保其地以復於貧而彼嘗已過吾限者散而入於他人矣或者子孫出而分之以爲幾矣如此則富民所占者少而餘地多餘地多則貧民易取以爲業不爲人所役屬各食其地之全利利不分於人而樂輸於官夫端坐於朝廷下令於天下不驚民不動衆不用井田之制而獲井田之利雖周之井田何以遠過於此哉

又照貧家半供全供意

唐順之曰禮經易緯茅坤曰文有煙波而以禮爲明以易爲幽謂聖人用其机權以持天下過矣

蘇文嗜卷四

六經論

諸論謹嚴華藻变化若神歐陽子謂其無愧荀卿𡸁不信然若理之純雜朱子自有定論

易論

七句是一篇主意尊信幽明字是眼目

聖人之道得禮而信得易而尊信之而不可廢尊之而不敢廢故聖人之道所以不廢者禮爲之明而易爲之幽也生民之初無貴賤無尊卑無長幼不耕而不饑不蠶而不寒故其民逸民之苦勞而樂逸也若水之走下而聖人者獨爲

生動有趣

焦竑曰鄭康成六藝論云伏羲時易書既章禮事亦著可佐老泉易禮相表裡之說

之君臣而使天下貴役賤爲之父子而使天下尊役卑爲之兄弟而使天下長役幼蠶而後衣耕而後食率天下而勞之一聖人之力固非足以勝天下之民之衆而其所以能奪其樂而易之以其所苦而天下之民亦遂肯棄逸而即勞欣然戴之以爲君師而遵蹈其法制者禮則使然也聖人之始作禮也其說曰天下無貴賤無尊卑無長幼是人之相殺無已也不耕而食鳥

疊上句翻下句文勢接連不斷

集說曰禮之所致其養辨以養安我安并人物亦安令人之不相殺與鳥獸之不相食以成我之生老泉見大處

前以勞逸言此轉入生死

前半段卻論禮後半段方是論易子瞻子由作策論以客形主全用此法

獸之肉不蠶而衣鳥獸之皮是鳥獸與人相食無已也有貴賤有尊卑有長幼則人不相殺食吾之所耕而衣吾之所蠶則鳥獸與人不相食（以不相殺為生亦粗入而無礼何不遇死便入細）人之好生也甚於逸而惡死也甚於勞聖人奪其逸死而與之勞生此雖三尺豎子知所趨避矣故其道之所以信於天下而不可廢者禮爲之明也（論敵處只用兩句）雖然明則易達易達則褻褻則易廢聖（辭出者味）人懼其道之廢而天下復於亂也然後作易觀

天地之象以爲爻通陰陽之變以爲卦考鬼神之情以爲辭探之茫茫索之冥冥童而習之白首而不得其源故天下視聖人如神之幽如天之高尊其人而其教亦隨而尊故其道之所以尊於天下而不敢廢者易爲之幽也凡人之所以見信者以其中無所不可測者也人之所以獲尊者以其中有所不可窺者也是以禮無所不可測而易有所不可窺故天下之人信聖人

合說一段

又講起生一神字

焦竑曰清明在躬志氣如神覺卜筮亦多事卜筮爲恒人設教耳

樓春官卜師掌開龜之四兆一曰方兆二曰功兆三曰義兆四曰弓兆

之道而尊之不然則易者豈聖人務爲新奇秘怪以夸後世邪聖人不因天下之至神則無所施其教卜筮者天下之至神也而卜者聽乎天而人不預焉者也筮者決之天而營之人者也龜漫而無理者也灼荆而鑽之方功義弓惟其所爲而人何預焉聖人曰是純乎天技耳技何所施吾教於是取筮夫筮之所以或爲陽或爲陰者必自分而爲二始掛一吾知其爲一而掛

歸根此句是本旨

焦竑曰有此理則有此象有此數故以卜筮尽易亦可

詹惟脩曰行禮處有文有質有遲有疾卜度慎重便是易符契自信妙神自灵矣老泉說得出

之也揲之以四吾知其爲四而揲之也歸奇於扐吾知其爲一爲二爲三爲四而歸之也人也分而爲二吾不知其爲幾而分之也天也聖人曰是天人參焉道也道有所施吾教矣於是因而作易以神天下之耳目而其道遂尊而不廢此聖人用其機權以持天下之心而濟其道於無窮也

唐順之曰先說一遍復說一遍

茅坤曰以禮爲强世之術即荀子性惡之遺文甚縱横而議則頗僻矣

通篇只是兩段意而反覆變化只在數句

儲欣曰筆蓋繞亂鴻鴈列飛岂

禮論

夫人之情安於其所常爲無故而變其俗則其勢必不從聖人之始作禮也不因其勢之可以危亡困辱之者以厭服其心而徒欲使之輕去其舊而樂就吾法不能也故無故而使之事君無故而使之事父無故而使之事兄彼其初非如今之人知君父兄之不事則不可也而遂翻然以從我者吾以耻厭服其心也彼爲吾君彼

由教甙而況于人恥字亦季世法然可以恥激原是性善

區々以拜坐跪立論礼々豈止是哉

爲吾父彼爲吾兄聖人曰彼爲吾君父兄何以異於我於是坐其君與其父以及其兄而已立於其旁且俛首屈膝於其前以爲禮而爲之拜率天下之人而使之拜其君父兄夫無故而使之拜其君無故而使之拜其父無故而使之拜其兄則天下之人將復嗤笑以爲迂怪而不從（一轉紛而宕）而君父兄又不可以不得其臣子弟之拜而徒爲其君父兄於是聖人者又有術焉以厭服其

心而使之肯拜其君父兄然則聖人者果何術也恥之而已古之聖人將欲以禮治天下之民故先自治其身使天下皆信其言曰此人也其言如是是必不可不如是也故聖人曰天下有不拜其君父兄者吾不與之齒而使天下之人亦曰彼將不與我齒也於是相率以拜其君父兄以求齒於聖人雖然彼聖人者必欲天下之拜其君父兄何也其微權也彼爲吾君彼爲吾

又轉上文乃透此正了君

父兄不可不得其拜一句

錢穀曰韓子謂取情而去貌將拜主爲偽首手欲以宣情自是不能已弟欲肖其情即爲去貌

父彼爲吾兄聖人之拜不用於世吾與之皆坐於此皆立於此比肩而行於此無以異也吾一旦而怒奮手舉挺而搏逐之可也何則彼其心常以爲吾儕也不見其異於吾也聖人知人之安於逸而苦於勞故使貴者逸而賤者勞且又知坐之爲逸而立且拜者之爲勞也故舉其君父兄坐之於上而使之立且拜於下明日彼將有怒作於心者徐而自思之必曰此吾儕之所

真不可不得其拜

茅坤曰：取喻沁心。

莊元臣曰：君父兄凡十八遍，轉說轉覺爽快，減一个不得。

坐而拜之，且立於其下者也。聖人固使之逸，而使我勞，是賤於彼也。奮手舉挺以搏逐之，吾心不安焉。刻木而爲人，朝夕而拜之，他日析之以爲薪，而猶且忌之。彼其始木也，已拜之，猶且不敢以爲薪。故聖人以其微權而使天下尊其君父兄，而權者又不可以告人，故先之以恥。嗚呼！其事如此，然後君父兄得以安其尊而至於今。今之匹夫匹婦莫不知拜其君父兄，乃曰拜起

綰結到恥字

焦竑曰論禮入易見老蘊學有本源

坐立禮之末也不知聖人其始之教民拜起坐立如此此之勞也此聖人之所慮而作易以神其教也

茅坤曰論樂之旨非是而文特嫋娜百折無限煙波

如此三疊時論家利器

徵上三段只一句

一句未了又生一句矢口而發無不中節

樂論

禮之始作也難而易行既行也易而難久天下未知君之爲君父之爲父兄之爲兄而聖人爲之君父兄天下未有以異其君父兄而聖人爲之拜起坐立天下未肯靡然以從我拜起坐立而聖人身先之以恥嗚呼其亦難矣天下惡夫勞也久矣聖人招之曰來吾生爾既而其法果可以生天下之人天下之人視其嚮也如此之

解出易意

唐順之曰多是空中布景絶處逢生令人有凌虚御風之意

危而今也如此之安則宜何從故當其時雖難而易行既行也天下之人視君父兄如頭足之不待別白而後識視拜起坐立如寢食之不待告語而後從事雖然百人從之一人不從則其勢不得遽至乎死天下之人不知其初之無禮而死而見其今之無禮而不至乎死也則曰聖人欺我故當其時雖易而難久嗚呼聖人之所恃以勝天下之勞逸者獨有死生之說耳死生

解出難意

錢穀曰此處萬斤力

之說不信於天下則勞逸之說將出而勝之勞逸之說勝則聖人之權去矣酒有鴆肉有堇然後人不敢飲食藥可以生死然後人不敢以苦口爲諱去其鴆徹其堇則酒肉之權固勝於藥聖人之始作禮也其亦逆知其勢之將必如此也曰告人以誠而後人信之幸今之時吾之所以告人者其理誠然而其事亦然故人以爲信吾知其理而天下之人知其事事有不必然者

錢穀曰緩〻轉出樂來與易論同一杼柚

學史記文法與韓文獲麟解中又別文人變化妙處如是

焦竑曰宮動脾而和正聖商動肺而和正義角動肝而和正仁徵動心而和正禮羽動腎而和正智樂論曰莫

則吾之理不足以折天下之口此告語之所不及也告語之所不及必有以陰驅而潛率之於是觀之天地之間得其至神之機而竊之以爲樂雨吾見其所以濕萬物也日吾見其所以燥萬物也風吾見其所以動萬物也隱隱谹谹而謂之雷者彼何用也陰凝而不散物蹙而不遂雨之所不能濕日之所不能燥風之所不能動雷一震焉而凝者散蹙者遂曰雨者曰日者曰

神于聲意本太史公
焦竑曰宋樂三變而主者皆不知或謂士夫畢竟不如工師工師果真樂乎合得礼樂方是樂

風者以形用曰雷者以神用用莫神於聲故聖人因聲以爲樂爲之君臣父子兄弟者禮也禮之所不及而樂及焉正聲入乎耳而人皆有事君事父事兄之心則禮者固吾心之所有也而聖人之説又何從而不信乎 應信字

二句可玩

吾心固有禮論聰字所從

後論樂變少蘇透

禮原人心之敬樂原人心之和聖人因人心之自然而制爲禮樂所爲神而化之與民宜

之者何嘗有許多機謀變詐哉其非是明甚
特其行文議論節奏自是斐然可觀耳蘇公
可謂工於文而短于理者也

茅坤曰說詩愈支而文自澎湃可觀

詩論

人之嗜欲好之有甚於生而憤憾怨怒有不顧其死於是禮之權又窮禮之法曰好色不可爲也爲人臣爲人子爲人弟不可以有怨於其君父兄也使天下之人皆不好色皆不怨其君父兄夫豈不善使人之情皆泊然而無思和易而優柔以從事於此則天下固亦大治而人之情又不能皆然好色之心敺諸其中是非不平之

焦竑曰太史公謂古詩三千餘篇孔子去其重複取其可施于礼義者三百五篇可見詩礼自是一致

氣攻諸其外炎炎而生不顧利害趨死而後已噫禮之權止於死生天下之事不至乎可以博生者則人不敢觸死以違吾法今也人之好色與人之是非不平之心勃然而發於中以爲可以博生也而先以死自處其身則死生之機固已去矣死生之機去則禮爲無權區區舉無權之禮以强人之所不能則亂益甚而禮益敗今吾告人曰必無好色必無怨而君父兄彼將遂

姜寶曰好色怨君父不如可羣可怨語意渾洽

過得渾然無迹

從吾言而忘其中心所自有之情邪將不能也彼既已不能純用吾法將遂大棄而不顧吾法既已大棄而不顧則人之好色與怨其君父兄之心將遂蕩然無所隔限而易内竊妻之變與弑其君父兄之禍必反公行於天下聖人憂焉曰禁人之好色而至於淫禁人之怨其君父兄而至於叛患生於責人太詳好色之不絕而怨之不禁則彼將反不至於亂故聖人之道嚴於

轉出詩来

唐順之曰古有二南而無國風之名國風之名出于左荀蓋南雅頌為樂詩而諸國為徒詩也太師比次詩之六義曰風曰賦曰比曰興曰雅曰頌者猶云詩各有其体如此

禮而通於詩禮曰必無好色必無怨而君父兄詩曰好色而無至於淫怨而君父兄而無至於叛嚴以待天下之賢人通以全天下之中人吾

國風好色而不淫小雅怨誹而不亂出太史公

觀國風婉孌柔媚而卒守以正好色而不至於淫者也小雅悲傷詬讟而君臣之情卒不忍去怨而不至於叛者也故天下觀之曰聖人固許我以好色而不尤我之怨吾君父兄也許我以好色不淫可也不尤我之怨吾君父兄則彼雖

耳故雅亦有云其風肆好

楊慎曰言國風小雅見小雅與風騷相類而大雅不可並言詠呦呦鹿鳴便識小雅興趣誦文王在上便識大雅氣象

焦竑曰易詩樂俱從礼上結意老泉學問貫串

以虐遇我我明譏而明怨之使天下明知之則吾之怨亦得當焉不叛可也夫背聖人之法而自棄於淫叛之地者非斷不能也斷之始生於不勝人不自勝其忿然後忍棄其身故詩之教不使人之情至於不勝也夫橋之所以爲安於舟者以有橋而言也水潦大至橋必解而舟不至於必敗故舟者所以濟橋之所不及也吁禮之權窮於易達而有易焉窮於後世之不信而

繳又生一意

又生一斷字

喻詩以通情之不勝

有樂焉窮於强人而有詩焉吁聖人之慮事也
蓋詳
結一句包盡有禹鈞筆力
反覆照應真辯士之雄而有得於縱横者
也朱子非之宜矣

茅坤曰此篇識見好法度亦勝

荘元臣曰正意只在腹兩段起繳自為照應

正意只在腹中二段前一頭後一尾

書論

風俗之變聖人爲之也聖人因風俗之變而用其權聖人之權用於當世而風俗之變益甚以至於不可復反幸而又有聖人焉承其後而維之則天下可以復治不幸其後無聖人其變窮而無所復入則已矣昔者吾嘗欲觀古之變而不可得也於詩見商與周焉而不詳及觀書然後見堯舜之時與三代之相變如此之亟也自

入題灑脫

楊慎曰夏尚忠商尚質周尚文仲舒倡之司遷贊之孔孟無是說也

唐順之曰此以三代忠質文之異言風俗之變

堯而至於商其變也皆得聖人而承之故無憂至於周而天下之變窮矣忠之變而入於質質之變而入於文其勢便也及夫文之變而又欲反之於忠也是猶欲移江河而行之山也人之喜文而惡質與忠也猶水之不肯避下而就高也彼其始未嘗文焉故忠質而不辭今吾日食之以太牢而欲使之復茹其菽哉嗚呼其後無聖人其變窮而無所復入則已矣周之後而無

三入喻法家不羈

固也句将上句倒過應妙、、大講學孟子

唐順之曰此以舜禹湯武得天下之異言風俗之變

王焉固也其始之制其風俗也固不容爲其後者計也而又適不值乎聖人固也後之無王者也當堯之時舉天下而授之舜舜得堯之天下而又授之禹方堯之未授天下於舜也天下未嘗聞有如此之事也度其當時之民莫不以爲大怪也然而舜與禹也受而居之安然若天下固其所有而其祖宗既已爲之累數十世者未嘗與其民道其所以當得天下之故也又未嘗

悅之以利而開之以丹朱商均之不肖也其意以爲天下之民以我爲當在此位也則亦不俟乎援天以神之譽巳以固之也湯之伐桀也囂囂然數其罪而以告人如曰彼有罪我伐之宜也既又懼天下之民不已悅也則又囂囂然以言柔之曰萬方有罪在予一人予一人有罪無以爾萬方如曰我如是而是爾之君爾可以許我焉爾吁亦既薄矣至於武王而又自言其先

茅坤曰詭切

祖父偕有顯功既已受命而死其大業不克終今我奉承其志舉兵而東伐而東國之士女束帛以迎我紂之兵倒戈以納我吁又甚矣如曰吾家之當爲天子久矣如此乎民之欲我速入商也伊尹之在商也如周公之在周也伊尹攝位三年而無一言以自解周公爲之紛紛乎急於自疏其非簒也夫固由風俗之變而後用其權權用而風俗成吾安坐而鎮之夫孰知夫風

俗之變而不復反也。

茅坤曰此文自謝枋得以為名筆學者遂相傳為千年絶論予謂老蘓論經并以强詞軋正理第其行文委折似煙波耳

唐順之曰只一事問答纏綿到底

春秋論

公私一篇眼目

賞罰者天下之公也是非者一人之私也位之所在則聖人以其權為天下之公而天下以懲以勸道之所在則聖人以其權為一人之私而天下以榮以辱周之衰也位不在夫子而道在焉夫子以其權是非天下可也而春秋賞人之功赦人之罪去人之族絶人之國貶人之爵諸侯而或書其名大夫而或書其字不惟其法惟

其意不徒曰此此是此非而賞罰加焉則夫子固曰我可以賞罰人矣賞罰人者天子諸侯事也夫子病天下之諸侯大夫僭天子諸侯之事而作春秋而已則爲之其何以責天下位公也道私也私不勝公則道不勝位位之權得以賞罰而道之權不過於是非道在我矣而不得爲有位者之事則天下皆曰位之不可僭也如此不然天下其誰不曰道在我則是道者位之賊也

詹惟脩曰此含自與

到此方說明一篇主意在此

曰夫子豈誠賞罰之邪徒曰賞罰之耳庸何傷曰我非君也非吏也執塗之人而告之曰某爲善某爲惡可也繼之曰某爲善吾賞之某爲惡吾誅之則人有不笑我者乎夫子之賞罰何以異此然則何足以爲夫子何足以爲春秋曰夫子之作春秋也非曰孔氏之書也又非曰我作之也賞罰之權不以自與也曰此魯之書也魯作之也有善而賞之曰魯賞之也有惡而罰之

言賞罰非真不得爲僭 一解

二雖

言賞罰即真亦是魯賞罰人

唐順之曰夫子魯人也故所脩者魯史其時周也故所用者王制如曰以天子之權與魯則夫子爲其實而魯受其名夫子不顧自僭而使魯僭之不然也乃老泉周公之心一轉自有微旨

曰魯罰之也何以知之曰夫子繫易謂之繫辭言孝謂之孝經皆自名之則夫子私之也而春秋者魯之所以名史而夫子託焉則夫子公之也公之以魯史之名則賞罰之權固在魯矣春秋之賞罰自魯而及于天下天子之權也魯之賞罰不出境而以天子之權與之何也曰天子之權在周夫子不得已而以與魯也武王之崩也天子之位當在成王而成王幼周公以爲天

詹惟脩曰就魯使周公事妙

聖人本意雖未必然在此篇形容最出

詹惟脩曰此開與之不得其人則亂

下不可以無賞罰故不得已而攝天子之位以賞罰天下以存周室周之東遷也天子之權當在平王而平王昏故夫子亦曰天下不可以無賞罰而魯周公之國也居魯之地者宜如周公不得已而假天子之權以賞罰天下以尊周室（言與彝者以其為周後）故以天子之權與之也然則假天子之權宜如何曰如齊桓晉文可也夫子欲魯如齊桓晉文而不遂以天子之權與齊晉者何也齊桓晉文

三解　四解　四難　五難

又生一段議論

眉惟脩曰此關無所與則散

陽爲尊周而實欲富强其國故夫子與其事而不與其心周公心存王室雖其子孫不能繼而夫子思周公而許其假天子之權以賞罰天下其意曰有周公之心而後可以行桓文之事此其所以不與齊晉而與魯也夫子亦知魯君之才不足以行周公之事矣顧其心以爲今之天下無周公故至此是故以天子之權與其子孫所以見思周公之意也吾觀春秋之法皆周公

之法而又詳內而略外此其意欲魯法周公之所爲且先自治而後治人也明矣夫子歎禮樂征伐自諸侯出而田常弒其君則沐浴而請討然則天子之權夫子固明以與魯也子貢之徒不達夫子之意續經而書孔丘卒夫子旣告老矣大夫告老而卒不書而夫子獨書夫子作春秋以公天下而豈私一孔丘哉嗚呼夫子以爲魯國之書而子貢之徒以爲孔氏之書也歟遷

焦竑曰有君無君皆不當作杜絶妄奸之萌忠論

固之史有是非而無賞罰彼亦史臣之體宜爾也後之效夫子作春秋者吾惑焉春秋有天子之權天下有君則春秋不當作天下無君則天子之權吾不知其誰與天下之人烏有如周公之後之可與者與之而不得其人則亂不與人而自與則僭不與人不自與而無所與則散嗚呼後之春秋亂邪僭邪散邪

文甚悖理故晋溪有論獨行文首尾相應枝葉相生別人意多則雜惟老泉此篇意多不雜

茅坤曰老蘇史論頗得史家之髓故並存之三篇當合看

楊慎曰子玄史通訪處實中前人膏肓取節焉可也黃山谷謂

蘇文嗜卷五

雜論

史論引

史之難其人久矣魏晉宋齊梁隋間觀其文則亦固當然也所可怪者唐三百年文章非三代兩漢無敵史之才宜有如丘明遷固輩而卒無一人可與范曄陳壽比肩巢子之書世稱其詳且博然多俚辭俳狀使之紀事當復甚乎其嘗

老泉公論

當一作將

論文則文心雕龍論史則史通二書不可不觀

所譏誚者唯子餘倒爲差愈吁其難而然哉夫知其難故思之深思之深故有得因作史論三篇

茅坤曰經史並言是對客論主法

此乃先呼後應格別是蘇文一機局

史論上

史何爲而作乎其有憂也何憂乎憂小人也何由知之以其名知之楚之史曰檮杌檮杌四凶之一也君子不待褒而勸不待貶而懲然則史之所懲勸者獨小人耳仲尼之志大故其憂愈大憂愈大故其作愈大是以因史修經卒之論其效者必曰亂臣賊子懼由是知史與經皆憂小人而作其義一也其義一其體二故曰史焉

按元儒張紳序通鑑續編衍老泉說曰太史公之史其体本乎尚書司馬公之通鑑其体本乎左氏朱子之綱目其体本乎春秋杜祐之通典其体本乎周禮惟易詩之體未有得之者而韓

曰經焉大凡文之用四事以實之詞以章之道以通之法以檢之此經史所兼而有之者也雖然經以道法勝史以事詞勝經不得史無以證其褒貶史不得經無以酌其輕重經非一代之實錄史非萬世之常法體不相沿而用實相資焉夫易禮樂詩書言聖人之道與法詳矣然弗驗之行事仲尼懼後世以是爲聖人之私言故因赴告策書以修春秋旌善而懲惡此經之道

嬰之韓詩外傳卲雍之皇極演易可謂傑出矣揚用脩以為此論甚新

也猶懼後世以爲已之臆斷故本周禮以爲凡此經之法也至於事則舉其略詞則務於簡吾故曰經以道法勝史則不然事既曲詳詞亦夸耀所謂褒貶論贊之外無幾吾故曰史以事詞勝使後人不知史而觀經則所褒莫見其善狀所貶弗聞其惡實吾故曰經不得史無以證其褒貶使後人不通經而專史則稱謂不知所法懲勸不知所沮吾故曰史不得經無以酌其輕

重經或從僞赴而書或隱諱而不書若此者衆皆適於教而已吾故曰經非一代之實錄史之一紀一世家一傳其間美惡得失固不可以一二數則其論贊數十百言之中安能事爲之襃貶使天下之人動有所法如春秋哉吾故曰史非萬世之常法夫規矩準繩所以制器器所待而正者也然而不得器則規無所效其圓矩無所用其方準無所施其平繩無所措其直史待

茅坤曰餘波作掉尾

就規矩準繩字結

經而正不得史則經晦吾故曰體不相沿而用實相資焉噫一規一矩一準一繩足以制萬器後之人其務希遷固實錄可也愼無若王通陸長源輩囂囂然冗且僭則善矣

唐順之曰：老泉論史眼力心力俱到。
茅坤曰：分段議論，體古人讀史刻畫如此。

史論中

遷固史雖以事詞勝，然亦兼道與法而有之，故時得仲尼遺意焉。吾今擇其書有不可以文曉而可以意達者四，悉顯白之。其一曰隱而章，其二曰直而寬，其三曰簡而明，其四曰微而切。遷之傳廉頗也，議救閼與之失不載焉，見之趙奢傳；傳酈食其也，謀撓楚權之繆不載焉，見之留侯傳。固之傳周勃也，汗出洽背之恥不載焉，見

茅坤曰躰嚴

之王陵傳傳董仲舒也議和親之跡不載焉見之匈奴傳夫頗食其勃仲舒皆功十而過一者也苟列一以疵十後之庸人必曰智如廉頗藺如酈食其忠如周勃賢如董仲舒而十功不能贖一過則將苦其難而怠矣是故本傳晦之而他傳發之則其與善也不亦隱而章乎遷論蘇秦稱其智過人不使獨蒙惡聲論北宮伯子多其愛人長者固贊張湯與其推賢揚善贊酷吏

焦竑曰功十過一過十功一之論與春秋善善也長惡惡也短合旨歐陽公非非堂記云是是近乎諂非非近乎訕與其諂也寧訕非君子之言也

人有所褒不獨暴其惡夫秦伯子湯酷吏皆過十而功一者也苟舉十以廢一後之凶人必曰蘇秦北宮伯子張湯酷吏雖有善不錄矣吾復何望哉是窒其自新之路而堅其肆惡之志也故於傳詳之於論於贊復明之則其懲惡也不亦直而寬乎遷表十二諸侯首魯訖吳實十三國而越不與焉夫以十二名篇而載國十三何也不數吳也皆諸侯耳獨不數吳何也用夷禮

楊慎曰春秋嚴華夷如此夷狄之禍兆端于元海濫觴于元魏洋溢于遼金滔天于蒙古正閏御之者不知春秋

也不數而載之者何也周裔而霸盟上國也春秋書哀七年公會吳于鄫書十二年公會吳于橐皋書十三年公會晉侯及吳子于黃池此其所以雖不數而猶獲載也若越區區於南夷豺狼狐狸之與居不與中國會盟以觀華風而用夷俗之名以赴故君子即其自稱以罪之春秋書定五年於越入吳書十四年於越敗吳於檇李書哀十三年於越入吳此春秋所以夷狄畜

曲折無窮

之也苟遷舉而措之諸侯之末則山戎獫狁亦或庶乎其間是以絕而棄之將使後之人君觀之曰不知中國禮樂雖勾踐之賢猶不免乎絕與棄則其賤夷狄也不亦蕳而明乎固之表入而王侯六書其人也必曰某土某王若侯某或功臣外戚則加其姓而首目之曰號謚姓名此異姓列侯之例也諸侯王其目止號謚豈以其尊故不曰名之邪不曰名之而實名之豈以不

錢穀曰先儒謂王莽僞僭得固之筆而益嚴得老泉之論而益顯信然

名則不著邪此同姓諸侯王之例也王子侯其目爲二上則曰號謚名名之而曰名之殺一等矣此同姓列侯之例也及其下則曰號謚姓名夫以同姓列侯而加之異姓之例何哉察其故葢元始之間王莽僞褒宗室而封之者也非天子親親而封之者也宗室天子不能封而使王莽封之故從異姓例示天子不能有其同姓也將使後之人君觀之曰權歸於臣雖同姓不能

說至此纔見出勸懲書法有收拾有照應

荊坤曰與淳仲名遺意尙相應

末又用三句徼斬截

有名器誠不可假人矣則其防僭也不亦微而切乎噫隱而章則後人樂得爲善之利直而寬則後人知有悔過之漸簡而明則人君知中國禮樂之爲貴微而切則人君知强臣專制之爲患用力寡而成功博其能爲春秋繼而使後之史無及焉者以是夫

茅坤曰：評騭諸家如酷吏斷獄。

史論下

或問子之論史鈎抉仲尼遷固潛法隱義善矣。仲尼則非吾所可評，吾惟意遷固非聖人，其能如仲尼無一可指之失乎？曰：遷喜雜說，不顧道所可否，固貴諛僞，賤死義，大者此，既陳議矣。又欲寸量銖稱以摘其失，則煩不可舉，今姑告爾其尤大彰明者焉。遷之辭淳健簡直，足稱一家，而乃裂取六經傳記，雜於其間，以破碎汩亂其

楊慎曰史記自左氏而下未有其比非獨太史公父子筆力亦由其書會萃左氏國語戰國策世本及司馬相如東方朔輩諸名人文章以爲楨幹也

體五帝三代紀多尚書之文齊魯晉楚宋衛陳鄭吳越世家多左傳國語之文孔子世家仲尼弟子傳多論語之文夫尚書左傳國語論語之文非不善也雜之則不善也今夫繡繪錦縠衣服之窮美者也尺寸而割之錯而紉之以爲服則綈繒之不若遷之書無乃類是乎其自敘曰談爲太史公又曰太史公遭李陵之禍是與父無異稱也先儒反謂固沒彪之名不若遷讓美

焦竑曰老泉自謂有得故不許班固蹈襲然固亦有勝遷處如平準書令遠方各以其物貴時商賈所轉販者為賦而相灌輸此說亦明固曰令遠方各以其

於談吾不知遷於紀於表於書於世家於列傳所謂太史公者果其父耶抑其身耶此遷之失也固贊漢自創業至麟趾之間襲蹈遷論以足其書者過半且褒賢貶不肖誠已意也盡已意而已今又剽他人之言以足之彼既言矣申言之何益及其傳遷揚雄皆取其自敘屑屑然曲記其世系固於他載豈若是之備哉彼遷雄自敘可也已因之非也此固之失也或曰遷固之

物如異時商賈所轉販云云此說漁矣添如異時三字是驅農民以救商之爲也紀事之文惟貴明白故通鑑取志語

焦竑曰老泉謂遷固之雄剛振之所向無不如意如范如陳自不啻臧獲

失既爾遷固之後爲史者多矣范曄陳壽實巨擘焉然亦有失乎曰烏免哉曄之史之傳若酷吏宦者列女獨行多失其人間尢甚者董宣以忠毅槩之酷吏鄭衆呂强以廉明直諒槩之宦者蔡琰以忍恥妻胡槩之列女李善王忳以深仁厚義槩之獨行與夫前書張湯不載於酷吏史記姚杜仇趙之徒不載於遊俠遠矣又其是非頗與聖人異論竇武何進則戒以宋襄之違

焦竑曰：温公書諸葛亮入寇，先儒以爲冠履倒置，則書之失可知。然第曰鼎立稱帝，亦未確。

天論西域則借張騫班勇之遺佛書是欲相將苟免以爲順天乎中國叛聖人以奉戎神乎此曄之失也壽之志三國也紀魏而傳吴蜀夫三國鼎立稱帝魏之不能有吴蜀猶吴蜀之不能有魏也壽獨以帝當魏而以臣視吴蜀吴蜀於魏何有而然哉此壽之失也噫固譏遷失而固亦未爲得曄譏固失而曄益甚至壽復爾史之才誠難矣後之史宜以是爲監無徒譏之也

唐順之曰文字摹荀卿

茅坤曰千古絶調賢君不時有忠臣不時得故作諫論

就激應上妙承上説難以起下文

焦竑曰看權字精

諫論上

古今論諫常與諷而少直其説蓋出於仲尼吾以爲諷直一也顧用之之術何如耳伍舉進隱語楚王淫益甚茅焦解衣危論秦帝立悟諷固不可盡與直亦未易少之吾故曰顧用之之術何如耳然則仲尼之説非乎曰仲尼之説純乎經者也吾之説參乎權而歸乎經者也如得其術則人君有少不爲桀紂者吾百諫而百聽矣

唐順之曰道有道術仁有仁術術字甚看点無病

况虛已者乎不得其術則人君有少不若堯舜者吾百諫而百不聽矣况逆忠者乎然則奚術而可曰機智勇辯如古游說之士而已夫游說之士以機智勇辯濟其詐吾欲諫者以機智勇辯濟其忠請備論其效周衰游說熾於列國自是世有其人吾獨怪夫諫而從者百一說而從者十九諫而死者皆是說而死者未嘗聞然而抵觸忌諱說或甚於諫由是知不必乎諷而必

賴此句

入事先言理文有斟酌

援引古事該覈詳切博而不贅

乎術也説之術可爲諫法者五理諭之勢禁之利誘之激怒之隱諷之之謂也觸龍以趙后愛女賢於愛子未旋踵而長安君出質甘羅以杜郵之死詰張唐而相燕之行有日趙卒以兩賢王之意語燕而立歸武臣此理而諭之也子貢以內憂教田常而齊不得伐魯武公以麋鹿脅頃襄而楚不敢圖周魯連以烹醢懼垣衍而魏不果帝秦此勢而禁之也田生以萬戶侯啓張

康海曰所援不過春秋戰國人所以不免戰國縱横之議被一術字壞了

一句截住應前濟其詐句以下應前濟其忠句

卿而劉澤封朱建以富貴餌閎孺而辟陽赦鄒陽以愛幸悅長君而梁王釋此利而誘之也蘇秦以牛後羞韓而惠王按劍大息范雎以無王恥秦而昭王長跪請教酈生以助秦凌漢而沛公輟洗聽討此激而怒之也蘇代以土偶笑田文楚人以弓繳感襄王蒯通以娶婦悟齊相此隱而諷之也五者相傾險詖之論雖然施之忠臣足以成功何則理而諭之主雖昏必悟勢而

此段文如簇錦

此等句法學論語

應前

敖英曰老泉何淺之待忠臣哉有龍逢比干之心者不肯爲蘇秦張儀之術有蘇秦張儀之術

禁之主雖驕必懼利而誘之主雖怠必奮激而怒之主雖懦必立隱而諷之主雖暴必容悟則明懼則恭奮則勸立則勇容則寬致君之道盡於此矣吾觀昔之臣言必從理必濟莫如唐魏鄭公其初實學縱横之説此所謂得其術者歟噫龍逢比干不獲稱良臣無蘇秦張儀之術也蘇秦張儀不免爲游説無龍逢比干之心也是以龍逢比干吾取其心不取其術蘇秦張儀吾

着不能存龍逢比干之心

龍逢比干昔語又推一步說結終篇不脫心術字

末四字有万鈞筆力

取其術不取其心以爲諫法

陳繼儒曰無一語不精融無一語落蹊徑

承上起下句短句長句又長皆文法立賞制刑是一篇主意

諫論下

夫臣能諫不能使君必納諫非眞能諫之臣君能納諫不能使臣必諫非眞能納諫之君欲君必納乎嚮之論備矣欲臣必諫乎吾其言之夫君之大天也其尊神也其威雷霆也人之不能抗天觸神忤雷霆亦明矣聖人知其然故立賞以勸之傳曰興王賞諫臣是也猶懼其選耎阿諛使一日不得聞其過故制形以威之書曰臣

賞刑二字一篇綱領

茅坤曰東上緊嚴家醒人目

改匡爲正避廟諱

焦竑曰以下喻意匠意相御而行巧而縱

下不正其刑墨是也人之情非病風喪心未有避賞而就刑者何苦而不諫哉賞與刑不設則人之情又何苦而抗天觸神忤雷霆哉自非性忠義不悅賞不畏罪誰欲以言博死者人君又安能盡得性忠義者而任之今有三人焉一人勇一人勇怯半一人怯有與之臨乎淵谷者且告之曰能跳而越此謂之勇不然爲怯彼勇者恥怯必跳而越焉其勇怯半者與怯者則不能

也又告之曰跳而越者與千金不然則否彼勇怯半者奔利必跳而越焉其怯者猶未能也須臾顧見猛虎暴然向逼則怯者不待告跳而越之如康莊矣然則人豈有勇怯哉要在以勢驅之耳君之難犯猶淵谷之難越也所謂性忠義不悅賞不畏罪者勇者也故無不諫焉悅賞者勇怯半者也故賞而後諫焉畏罪者怯者也故刑而後諫焉先王知勇者不可常得故以賞爲

收一句

入本意

以喻意寫正意文心趣勝

茅坤曰重刑上見老泉得解處

又生一段議論不有猛虎一轉更精神

茅坤曰結語老鍊百尺竿頭進步

千金以刑爲猛虎使其前有所趨後有所避其勢不得不極言規失此三代所以興也末世不然遷其賞於不諫遷其刑於諫宜乎臣之噤口卷舌而亂亡隨之也間或賢君欲聞其過亦不過賞之而已嗚呼不有猛虎彼怯者肯越淵谷乎此無它墨刑之廢耳三代之後如霍光誅昌邑不諫之臣者不亦鮮哉今之諫賞時或有之不諫之刑缺然無矣苟增其所有有其所無則

諛者直佞者忠况忠直者乎誠如是欲聞讜言而不獲吾不信也

辭華藻理純丕勝前篇主意只是求諫在於刑賞而反覆詳盡說着便痛切爽快真仙才也

一六二

焦竑曰此即孫武篇三權之說而暢言之

制敵

兵何難曰難乎制敵曷難乎制敵曰古者六師之中士不能皆銳馬不能皆良器械不能皆利故其兵必有上中下輩力扼虎射命中捕敵敢前攻壘敢先乘上兵也習行陣曉擊刺進而進退而退中兵也奔則蹶負則喘迎刃而殪望敵而走下兵也凡上兵一支中兵十中兵十支下兵百此非獨吾有敵亦不無也爲將者不以計

說得明

雋訟曰我善兵
敵亦善兵柰何
想着持之一法
𠯁

用之而曰敵以上兵來吾無上兵乎以中兵來吾無中兵乎以下兵來吾無下兵乎然則勝負何時而决也夫勝負久而不决不能無老師費財吾故曰難乎制敵也若其善兵者則不然堂奮者此其上兵也以吾下兵委之吾進亦進吾退亦退者此其中兵也以吾上兵乘之滿鏃而向之其色動介馬而馳之其轍亂者此其下兵

然而陣塡然而鼓視敵之兵有挺刃大呼而爭

佳句

錢穀曰文甚紆迴可愛

也以吾中兵襲之夫如此敵之上兵樂吾下兵之易攻也必盡銳不顧而擊之吾得以上兵臨其中中兵臨其下此皆以一克十以十克百之兵也焉往而不勝哉是則敵三克吾一而吾三克敵二況其上兵雖勝而中兵下兵即既爲吾克其勢不能獨完亦終爲吾所并耳噫一失而三得與三失而一得爲將者宜何取耶昔田忌與齊諸公子逐射孫臏見其馬有上中下因敎

錢穀曰述孫臏一段見老泉著學兵略

之曰以君下駟與彼上駟取君上駟與彼中駟取君中駟與彼下駟忌從之一不勝而再勝卒獲千金夫臏之説乃吾向之説也徒施之射是以知其能獲千金而止耳苟取而施之兵雖穰苴吳起何以易此哉

茅坤曰辨

楊慎曰卵不出蓐燕不從巢何由而墮

不言簡狄姜原而曰妃者省文也所以生三字合當畫

嚳妃論

史記載帝嚳元妃曰姜原次妃曰簡狄簡狄行浴見燕墮其卵取吞之因生契爲商始祖姜原出野見巨人跡忻然踐之因生稷爲周始祖其祖商周信矣其妃之所以生者神奇妖濫不亦

正論

甚乎商周有天下七八百年是其享天之祿以能久有社稷而其祖宗何如此之不祥也使聖人而有異於衆庶也吾以爲天地必將構陰陽

承接甚有力

喪心句妙

不自愛三字亦妙

上一段分必一段合節節難到

攻擊已倒文勢若縱故又引詩振起

之和積元氣之英以生之又焉用此二不祥之物哉燕墮卵於前取而吞之簡狄其喪心乎巨人之跡隱然在地走而避之且不暇忻然踐之何姜原之不自愛也又謂行浴出野而遇之是以簡狄姜原爲婬泆無法度之甚者帝嚳之妃稷契之母不如是也雖然史遷之意必以詩有天命鳦鳥降而生商厥初生民時惟姜原生民如何克禋克祀以弗無子履帝武敏歆攸介攸

禓慎曰如黃帝之生電虹繞樞蓋值電虹見之時也傳說爲箕星生之月直箕也蕭何爲昴星生之日直昴也楚辭曰攝提貞于孟陬兮惟庚寅吾以降屈原非真攝提之苗裔也此可正玄鳥之解

此段議論亦是得之論衡而文不蹈襲

止載震載夙載生載育時惟后稷而言之吁此又遷求詩之過也毛公之傳詩也以鳦鳥降爲祀郊禖之候履帝武爲從高辛之行及鄭之箋而後有吞踐之事當毛之時未始有遷史也遷史之説出於疑詩而鄭之説又出於信遷矣故天下皆曰聖人非人人不可及也甚矣遷之以不祥誣聖人也夏之衰二龍戲於庭藏其漦至周而發之化爲黿以生褒似以滅周使簡狄而

有理月令玄

鳥至是月祀郊禖以祈子

有斷制

錢穀曰入鄭莊以楚子文論確文亦奇儁

吞卵姜原而踐跡則其生子當如褒似以妖惑天下桀何其有稷契也或曰然則稷何以棄曰稷之生也無菑無害或者姜原疑而棄之乎鄭莊公寤生驚姜氏姜氏惡之事固有然者也吾非惡夫異也惡夫大遷之以不祥誣聖人也棄之而牛羊避遷之而飛鳥覆吾豈惡之哉楚子文之生也虎乳之吾固不惡夫異也

茅坤曰通篇責仲不能臨没薦賢起伏不窮

有斷制且承接佳文字善使事起必要接有力

唐順之曰看他議大凡文字使事起須接得有力

文意前未露至此畧露委曲精詳字字可法

管仲論

管仲相桓公霸諸侯攘戎狄終其身齊國富强諸侯不叛管仲死豎刁易牙開方用桓公薨於亂五公子爭立其禍蔓延訖簡公齊無寧歲（以上兩叙事）夫功之成非成於成之日蓋必有所由起禍之作不作於作之日亦必有所由兆（轉摺）則齊之治也吾不曰管仲而曰鮑叔（客）及其亂也吾不曰豎刁易牙開方而曰管仲（主）何則豎刁易牙開方三子彼

本責仲而乃責桓公所以深責仲

公與用之者桓公兩相應方責仲

擧賢一跌好思致青空一點從何處得來

茅坤曰揩詞得慨嘆

蘇文

固亂人國者顧其用之者桓公也夫有舜而後知放四凶有仲尼而後知去少正卯彼桓公何人也顧其使桓公得用三子者管仲也仲之疾也公問之相當是時也吾以仲且擧天下之賢者以對而其言乃不過曰豎刁易牙開方三子非人情不可近而已嗚呼仲以爲桓公果能不用三子矣乎仲與桓公處幾年矣亦知桓公之爲人矣乎桓公聲不絶乎耳色不絶乎目而非

胡秋宇曰韓非言管仲薦隰朋而桓公不能用

三子者則無以遂其欲彼其初之所以不用者徒以有仲焉耳一日無仲則三子者可以彈冠相慶矣仲以爲將死之言可以縶桓公之手足邪夫齊國不患有三子而患無仲有仲則三子者三匹夫耳（二段）不然天下豈少三子之徒哉雖桓公幸而聽仲誅此三人而其餘者仲能悉數而去之邪嗚呼仲可謂不知本者矣（三段入本旨）因桓公之問舉天下之賢者以自代則仲雖死而齊國未爲

似未可淺罪管仲

此段從柳子守原議變化來

茅坤曰文公一詆切甚

無仲也夫何患三子者不言可也五覇莫盛於桓文文公之才不過桓公其臣又皆不及仲靈公之虐不如孝公之寬厚文公死諸侯不敢叛晉晉襲文公之餘威得爲諸侯之盟主者百有餘年何者其君雖不肖而尚有老成人焉桓公之薨也一亂塗地無惑也彼獨恃一管仲而仲則死矣夫天下未嘗無賢者蓋有有臣而無君者矣桓公在焉而曰天下不復有管仲者吾不

詆切

詹惟脩曰先得此二事為證然後立論

信也仲之書有記其將死論鮑叔賓胥無之爲人且各疏其短是其心以爲是數子者皆不足以託國而又逆知其將死則其書誕謾不足信也吾觀史鰌以不能進蘧伯玉而退彌子瑕故有身後之諫蕭何且死舉曹參以自代大臣之用心固宜如此也一國以一人興以一人亡賢者不悲其身之死而憂其國之衰故必復有賢者而後可以死彼管仲者何以死哉

將亂字變衰字

一句結

篇中主意只在仲不舉賢自代一句而生出許多議論一層近一層一段露一段後又借客伴主緩緩歸束仲身上来正如銀工以千枝萬葉攢簇一顆明珠自是精巧

茅坤曰此蘇老泉本色學問宋迂齋謂其意脉自戰國策來良是

明論

天下有大知有小知人之智慮有所及有所不及聖人以其大知而兼其小知之功賢人以其所及而濟其所不及愚者不知大知而以其所不及喪其所及故聖人之治天下也以常而賢人之治天下也以時既不能常又不能時悲夫殆哉夫惟大知而後可以常以其所及濟其所不及而後可以時常也者無治而不治者也時

添時字常字襯上二段

唐順之曰轉變好衍

也者無亂而不治者也日月經乎中天大可以被四海而小或不能入一室之下彼固無用此區區小明也故天下視日月之光儼然其若君父之威故自有天地而有日月以至于今而未嘗可以一日無焉天下嘗有言曰叛父母褻神明則雷霆下擊之雷霆固不能爲天下盡擊此等輩也而天下之所以兢兢然不敢犯者有時而不測也使雷霆日轟轟焉遶天下以求夫叛

此段喻常

此段喻時

原順之曰聖人句擺脫好是文字緊慢用舍法

父母褻神明之人而擊之則其人未必能盡而雷霆之威無乃褻乎故夫知日月雷霆之分者可以用其明矣聖人之明吾不得而知也吾獨愛夫賢者之用其心約而成功博也吾獨怪夫愚者之用其心勞而功不成也是無他也專於其所及而及之則其及必精兼於其所不及而及之則其及必粗及之而精人將曰是惟無及及則精矣不然吾恐姦雄之竊笑也齊威王即

鎖

曲盡人情

証賢人之明

焦竑曰不免挾數理亦如此兵法攻堅攻瑕亦然

焦竑曰老泉結法如此隽甚

位大亂三載威王一奮而諸侯震懼二十年是何修何營邪夫齊國之賢者非獨一即墨大夫（多則難及）明矣亂齊國者非獨一阿大夫與左右譽阿而毀即墨者幾人亦明矣一即墨大夫易知也一（少則易及）阿大夫易知也左右譽阿而毀即墨者幾人易知也從其易知而精之故用心甚約而成功博也天下之事譬如有物十焉吾舉其一而人不（賢）知吾之不知其九也歷數之至於九而不知其（愚）

一不如舉一之不可測也而況乎不至於九也

本欲說賢人之明却把聖人来伴說此是蘊家以客形主法

議論俱是縱横之術是以方正學非之然理亦如此未可以挾數用術少之也

唐順之曰開口便含安石必亂天下意

茅坤曰荊川讀韓非八姦篇謂是照妖鏡予于此論亦云

按張文定公撰老蘊墓表云嘉祐初王安石名始盛黨友傾一時其命相制曰生民以來數人而已造作誇言

辨姦

事有必至理有固然惟天下之静者乃能見微而知著月暈而風礎潤而雨人人知之人事之推移理勢之相因其疎闊而難知變化而不可測者孰與天地陰陽之事而賢者有不知其故何也好惡亂其中而利害奪其外也昔者山巨源見王衍曰誤天下蒼生者必此人也郭汾陽見盧杞曰此人得志吾子孫無遺類矣自今而

至以爲幾于聖人歐陽脩亦善之勸先生與之游而安石亦願交于先生先生曰吾知其人矣是不近人情者鮮不爲天下患安石之母死士大夫皆往弔先生獨不往作辨姦一篇及安石用事人服其先見云

楊慎曰王安石大類商鞅、進

言之其理固有可見者以吾觀之王衍之爲人容貌言語固有以欺世而盗名者然不忮不求與物浮沉使晋無惠帝僅得中主雖衍百千何從而亂天下乎盧杞之姦固足以敗國然而不學無文容貌不足以動人言語不足以眩世非德宗之鄙暗亦何從而用之由是言之二公之料二子亦容有未必然也今有人口誦孔老之言身履夷齊之行收召好名之士不得志之人

由景監安石進由藍元耕禁誹謗安石置邏卒耕排甘龍杜摯之議安石彈言新法之人秦亡以鞅宋亡以安石安石嘗有詩云今人未可非商鞅商鞅能令令必行是其奉相尽露茅坤曰上略摭開此誑歸奉人何等想伏

相與造作言語私立名字以爲顔淵孟軻復出而陰賊險狠與人異趣是王衍盧杞合而爲一人也其禍豈可勝言哉夫面垢不忘洗衣垢不忘澣此人之至情也今也不然衣巨虜之衣食犬彘之食囚首喪面而談詩書此豈其情也哉凡事之不近人情者鮮不爲大姦慝豎刁易牙開方是也以蓋世之名而濟其未形之患雖有願治之主好賢之相猶將舉而用之則其爲天

朱文公曰以此爲奸

愚不然也

摭開

陳仁錫曰如此轉作結極嫵媚

下患必然而無疑者非特二子之比也孫子曰善用兵者無赫赫之功使斯人而不用也則吾言爲過而斯人有不遇之歎孰知禍之至於此哉不然天下將被其禍而吾獲知言之名悲夫

沈璟曰臭腐神奇是一是兩舍櫝求珠舍筌求魚可乎

三子知聖人汙論

孟子曰宰我子貢有若知足以知聖人汙吾爲之說曰汙下也宰我子貢有若三子者其智不足以及聖人高深幽絕之境而徒得其下者焉耳宰我曰以予觀於夫子賢於堯舜遠矣子貢曰由百世之後等百世之王莫之能違也有若曰出乎其類拔乎其萃自生民以來未有夫子之盛也是知夫子之大矣而未知夫子之所以

沈穆曰機趣自然之文非雕繪所至

沈穆曰文章天性之說似即趾即巔了

大矣宜乎謂其知足以知聖人汙而已也聖人之道一也大者見其大小者見其小高者見其高下者見其下而聖人不知也苟有形乎吾前者吾以爲無不見也而離婁子必將有見吾之所不見焉是非物罪也太山之高百里有却走而不見者矣有見而不至其趾者矣有至其趾而不至其上者矣而太山未始有變也有高而已耳有大而已耳見之不逃不見不求見至之

姜寶曰有高有下看道太岐

不拒不至不求至而三子者至其趾也顏淵從夫子游出而告人曰吾有得於夫子矣宰我子貢有若從夫子游出而告人曰吾有得於夫子矣夫子之道一也而顏淵得之以爲顏淵宰我子貢有若得之以爲宰我子貢有若夫子不知也夫子之道有高而又有下猶太山之有趾也高則難知下則易從難知故夫子之道尊易從故夫子之道行非夫子下之而求行也道固有

下者也太山非能有趾而不能無趾也子貢謂夫子曰夫子之道至大也故天下莫能容夫子夫子蓋少貶焉夫子不恍夫有其大而後能安其大有其小焉則亦不狹乎其小夫子有其大而子貢有其小然則無惑乎子貢之不能安夫夫子之大也

文字變化不可捉摸而義理未純是以朱子病之〻

宜拂二字作柱

陳仁錫曰義亦性也真義何拂乃曰戕天下曰悖殺雜行涉荀卿性惡之說朱子所謂學儒不至而流于詖淫邪遁者也然文

利者義之和論

義者所以宜天下而亦所以拂天下之心苟宜也宜乎其拂天下之心也求宜乎小人邪求宜乎君子邪求宜乎君子也吾未見其不以至正而能也抗至正而行宜乎其拂天下之心也然則義者聖人戕天下之器也伯夷叔齊殉大義以餓于首陽之山天下之人安視其死而不悲也天下而果好義也伯夷叔齊其不以餓死矣

雖然非義之罪也徒義之罪也武王以天命誅獨夫紂揭大義而行夫何恤天下之人而其發粟散財何如此之汲汲也意者雖武王亦不能以徒義加天下也乾文言曰利者義之和又曰利物足以和義嗚呼盡之矣君子之恥言利亦恥言夫徒利而已聖人聚天下之剛以爲義其支派分裂而四出者爲直爲斷爲勇爲怒於五行爲金於五聲爲商凡天下之剛者皆義屬

陳仁錫曰義即是利如藕解似來精然行文偉雋不妨模範

也是其爲道决裂慘殺而難行者也雖然無之則天下將流蕩忘反而無以節制之也故君子欲行之必即於利即於利則其爲力也易戾於利則其爲力也艱利在則義存利亡則義喪故君子樂以趨徒義而小人悅懌以奔利義必也天下無小人而後吾之徒義始行矣嗚呼難哉聖人滅人國殺人父刑人子而天下喜樂之有利義者與人以千乘之富而人不奢爵人以九

又引喻前言五行五聲此言五色五味噫盡之矣

命之貴而人不驕有義利也義利利義相爲用而天下運諸掌矣五色必有丹而色和五味必有甘而味和義必有利而義和文言之所云雖以論天德而易之道本因天以言人事說易者不求之人故吾猶有言也

蘇文嗜卷六

書　雜文

上韓樞密書

唐順之曰前段論兵驕後段論制驕當時有用文字

茅坤曰老泉厭當日兵法太弱故勸韓魏公以誅戮而行文似西漢雄宕可觀

太尉執事洵著書無他長及言兵事論古今形勢至自比賈誼所獻權書雖古人已往成敗之迹苟深曉其義施之於今無所不可昨因請見求進末議太尉許諾謹撰其說言語朴直非有驚世絕俗之談甚高難行之論太尉取其大綱

激放決壅委注匯瀦此八字看他用得都不可移易

說兵情極透徹

而無責其纖悉蓋古者非用兵決勝之爲難而養兵不用之可畏今夫水激之山放之海決之爲溝塍壅之爲沼沚是天下之人能之委江河注淮泗匯爲洪波瀦爲大湖萬世而不溢者自禹之後未之見也夫兵者聚天下不義之徒授之以不仁之器而教之以殺人之事夫惟天下之未安盜賊之未殄然後有以施其不義之心用其不仁之器而試其殺人之事當是之時勇

一篇大旨

喻起之易

喻收之難

從未無人說此說

用兵決勝

陳仁錫曰以韓非爲欵

以上言起之易

以上言收之難

者無餘力智者無餘謀巧者無餘技故其不義之心變而爲忠不仁之器加之於不仁而殺人之事施之於當殺及夫天下既平盜賊既殄不義之徒聚而不散勇者有餘力則思以爲亂智者有餘謀則思以爲姦巧者有餘技則思以爲詐於是天下之患雜然出矣蓋虎豹終日而不殺則跳踉大吽以發其怒蝮蝎終日而不螫則噬齧草木以致其毒其理固然無足怪者昔者

養兵不用

茅坤曰應前江河一喻
陳仁錫曰千里

劉項奮臂於草莽之間秦楚無賴子弟千百爲輩爭起而應者不可勝數轉鬭五六年天下厭兵項籍死而高祖亦已老矣方是時分王諸將改定律令與天下休息而韓信黥布之徒相繼而起者七國高祖死於介冑之間而莫能止也連延及於呂氏之禍訖孝文而後定是何起之易而收之難也劉項之勢初若决河順流而下誠有可喜及其崩潰四出放乎數百里之間拱

一丗拳紙佳然後歸過聖人接入宋李騎龍手也

茅坤曰所云卷甲不用之可畏

手而莫能救也嗚呼不有聖人何以善其後太祖太宗躬環甲冑跋履險阻以斬刈四方之蓬蒿用兵數十年謀臣猛將滿天下一旦卷甲而休之傳四世而天下無變此何術也荆楚九江之地不分於諸將而韓信黥布之徒無以啓其心也雖然天下無變而兵久不用則其不義之心蓄而無所發飽食優游求逞於良民觀其平居無事出怨言以邀其上一日有急是非人得

陳仁錫曰時事一一如手指

千金不可使也往年詔天下繕完城池西川之事洵實親見凡郡縣之富民舉而籍其名得錢數百萬以爲酒食餽餉之費杵聲未絕城輒隨壞如此者數年而後定卒事官吏相賀卒徒相矜若戰勝凱旋而圖賞者比來京師遊阡陌閒其曹往往偶語無所諱忌聞之土人方春時尤不忍聞盎時五六月矣會京師憂大水鋤耰畚築列於兩河之壖縣官日費千萬傳呼勞問之

雖不深言意自委曲

此下規韓公切直中有委婉

茅坤曰好名惧

聲不絶者數十里猶且睊睊狠顧莫肯效用且夫內之如京師之所聞外之如西川之所親見天下之勢今何如也御將者天子之事也御兵者將之職也天子者養尊而處優樹恩而收名與天下爲喜樂者也故其道不可以御兵人臣執法而不求情盡心而不求名出死力以捍社稷天下之心繫於一人而已不與焉故御兵者人臣之事不可以累天子也今之所患大臣好

謗固是通弊

陳仁錫曰戰守二字及字不圈

名而懼謗好名則多樹私恩懼謗則執法不堅是以天下之兵豪縱至此而莫之或制也頃者狄公在樞府號爲寬厚愛人狎昵士卒得其歡心而太尉適承其後彼狄公者知御外之術而不知治内之道此邊將材也古者兵在外愛將軍而忘天子在内愛天子而忘將軍愛將軍所以戰愛天子所以守狄公以其御外之心而施諸其内太尉不反其道而何以爲治或者以爲

陳仁錫曰此意可行于專閫臨戎之日不可行于柜党執國之時

兵久驕不治一旦繩以法恐因以生亂昔者郭子儀去河南李光弼實代之將至之日張用濟斬於轅門三軍股栗夫以臨淮之悍而代汾陽之長者三軍之士竦然如赤子之脫慈母之懷而立乎嚴師之側何亂之敢生且夫天子者天下之父母也將相者天下之師也師雖嚴赤子不以怨其父母將相雖厲天下不以咎其君其勢然也天子者可以生人殺人故天下望其生

茅坤曰議論從韓非等書來六經無此意

有此節方回護得人主恩愛不然則爲姑息矣

陳仁錫曰結整

及其殺之也天下曰是天子殺之故天子不可以多殺人臣奉天子之法雖多殺天下無以歸怨此先王所以威懷天下之術也伏惟太尉恩天下所以長久之道而無幸一時之名盡至公之心而無卹三軍之多言夫天子推深仁以結其心太尉厲威武以振其墮彼其思天子之深仁則畏而不至於怨思太尉之威武則愛而不至於驕君臣之體順而畏愛之道立非太尉吾

誰望邪不宣洵再拜

茅坤曰：老泉欲富公知處其下以就功名，似疑富公於並相察貳間有不相能者。

上富丞相書

相公閣下：往年天子震怒，出逐宰相，選用舊臣堪付屬以天下者，使在相府，與天下更始，而閣下之位實在第三。方是之時，天下咸喜相慶，以爲閣下惟不爲宰相也，故默默在此。方今困而後起，起而復爲宰相，而又値乎此時也，不爲而何爲？且吾君之意待之如此其厚也，不爲而何以副吾望？故咸曰後有下令而異於他日者，必

茅坤曰文忌方此奇致波瀾

吾富公也朝夕而待之跂首而望之望望然而不獲見也戚戚然而疑嗚呼其弗獲聞也必其遠也進而及於京師亦無聞焉不敢以疑猶曰天下之人如此其衆也數十年之間如此其變也皆曰賢人焉或曰彼其中則有說也而天下之人則未始見也然而不能無憂蓋古之君子愛其人也則憂其無成且嘗聞之古之君子相是君也與是人也皆立於朝則使吾皆知其爲

人皆善者也而後無憂且一人之身而欲擅天下之事雖見信於當世而同列之人一言而疑之則事不可以成今夫政出於他人而不懼事不出於已而不忌是二者惟善人爲能然猶欲得其心焉若夫衆人政出於他人而懼其害已事不出於已而忌其成功是以有不平之心生夫或居於吾前或立於吾後而皆有不平之心焉則身危故君子之出處於其間也不使之不

焦竑曰君奭篇乃召公自以盛滿難居欲避權位周公反復告諭以留之而書序乃曰召公爲保周公爲師相成王爲左右召公不悅周公作君奭故史記謂召公疑周公當國踐祚老泉亦爲序文所誤

平於我也周公立於明堂以聽天下而召公惑何者天下固惑乎大者也召公猶未能信乎吾之此心也周公定天下誅管蔡告召公以其志以安其身以及於成王故凡安其身者以安乎周也召公之於周公管蔡之於周公是二者亦皆有不平之心焉以爲周之天下公將遂取之也周公誅其不平而不可告語者告其可以告語者而和其不平之心然則非其必不可以告

穆文熙曰頓而手之提挈而諫首人之興歎則又雷同老泉曰不以小忿害大事是容之非過者矣且其論周公曰誅其不可告語者真挽強手段不徒模稜也

語者則君子未始不欲和其心天下之人從仕而至於卿大夫宰相集處其上將有所爲何慮而不成不能忍其區區之小忠以成其不平之釁則害其大事是以君子忍其小忿以容其小過而杜其不平之心然後當大事而聽命焉且吾之小忿不足以易吾之大事也故寧小容焉使無芥蒂於其間古之君子與賢者並居而同樂故其責之也詳不幸而與不肖者偶不圖其

又一結

錢穀曰責備賢者老泉善言

大而治其細則闊遠於事情而無益於當世故天下無事而後可與爭此不然則否昔者諸呂用事陳平憂懼計無所出陸賈入見說之使交歡周勃陳平用其策卒得絳侯北軍之助以滅諸呂夫絳侯木強之人也非陳平致之而誰也故賢人者致其不賢者非夫不賢者之能致賢者也曩者陛下即位之初寇萊公爲相惟其側有小人不能誅又不能與之無忿故終以斥去

切証

茅坤曰宋朝諸君子作逐之禍正坐不能忍老泉識得破

及范文正公在相府又欲以歲月盡治天下事失於急與不忍小忿故羣小人亦急逐之一去遂不復用以殁其身伏惟閣下以不世出之才立於天子之下百官之上此其深謀遠慮必有所處而天下之人猶未獲見洵西蜀之人也竊有志於今世願一見於堂上伏惟閣下深思之無忽

茅坤曰令國家患冗吏之壅削進士之數甚非計且用老泉說而精之于終

上文丞相書

昭文相公執事天下之事制之在始始不可制制之在末是以君子慎始而無後憂救之於其末而其始不爲無謀失諸其始而邀諸其終而天下無遺事是故古者之制其始也有百年之前而爲之者也葢周公營乎東周數百年而待乎平王之東遷也然及其收天下之士而責其賢不肖之分則未嘗於其始焉而制其極葢常

舉之於諸侯考之於太學引之於射宮而試之弓矢如此其備矣然而管叔蔡叔文王之子而武王周公之弟也生而與之居處習知其性之所好惡與夫居之於太學而習之於射宮者宜愈詳矣然其不肖之實卒不見於此時及其出爲諸侯監國臨大事而不克自定然後敗露以見其不肖之才且夫張弓而射之一不失容此不肖者或能焉而聖人豈以爲此足以盡人之

才益將爲此名以收天下之士而後觀其臨事而黜其不肖故曰始不可制制之在末於此有人求金於沙歛而揚之惟其揚之也精是以責金於揚而歛則無擇焉不然金與沙礫皆不錄而已矣故欲求盡天下之賢俊莫若略其始欲求責實於天下之官莫若精其終今者天下之官自相府而至於一縣之丞尉其爲數實不可勝計然而大數已定餘吏濫於官籍大臣建議

錢穀曰大奸既任恐亦易退歸權于御史轉運而又主之丞相是矣然亦須問丞相何如人

減任子削進士以求便天下竊觀古者之制略於始而精於終使賢者易進而不肖者易犯夫易犯故易退易進故賢者衆衆賢進而不肖者易退夫何患官冗今也艱之於其始竊恐夫賢者之難進與夫不肖者之無以異也方今進退天下士大夫之權內則御史外則轉運而士大夫之間潔然而無過可任以爲吏者其實無幾且相公何不以意推之往年吳中復在犍爲一

月而發二吏中復去職而吏之以罪免者曠歲無有也雖然此特洵之所見耳天下之大則又可知矣國家法令甚嚴洵從蜀來見凡吏商者皆不征非追胥調發皆得役天子之夫是以知天下之吏犯法者甚衆從其犯而黜之十年之後將分職之不給此其權在御史轉運而御史轉運之權實在相公顧甚易爲也今四方之士會於京師口語籍籍莫不爲此然皆莫肯一言

於其上誠以爲近於私我也洵西蜀之人方不見用於當世幸又不復以科舉爲意是以肆言於其間而可以無嫌伏惟相公慨然有憂天下之心征伐四國以安天子毅然立朝以威制天下名著功遂文武竝濟此其享功業之重而居富貴之極於其平生之所望無復慊然者惟其獲天下之多士而與之皆樂乎此可以復動其志故遂以此告其左右惟相公亮之

茅坤曰此文自于襄陽書中來而氣特雄

生出用我二字便有許多枝葉以下三天字應首句天字

上田樞密書

一篇柱子

天之所以與我者夫豈偶然哉堯不得以與丹朱舜不得以與商均而瞽瞍不得奪諸舜發於其心出於其言見於其事確乎其不可易也聖人不得以與人父不得奪諸其子於此見天之所以與我者不偶然也夫其所以與我者必有以用我也我知之不得行之不以告人天固用之我實置之其名曰棄天自卑以求幸其言自

小以求用其道天之所以與我者何如而我如此也其名曰褻天棄天我之罪也褻天亦我之罪也不棄不褻而人不我用不我用之罪也其名曰逆天然則棄天褻天者其責在我逆天者其責在人在我者吾將盡吾力之所能爲者以塞夫天之所以與我之意而求免乎天下後世之譏在人者吾何知焉吾求免夫一身之責之不暇而爲人憂乎哉孔子孟軻之不遇老於道

塗而不倦不愠不怍不沮者夫固知夫責之所在也衛靈魯哀齊宣梁惠之徒之不足相與以有爲也我亦知之矣抑將盡吾心焉耳吾心之不盡吾恐天下後世無以責夫衛靈魯哀齊宣梁惠之徒而彼亦將有以辭其責也然則孔子孟軻之目將不瞑於地下矣夫聖人賢人之用心也固如此如此而生如此而死如此而貧賤如此而富貴升而爲天沉而爲泉流而爲川止

此是說文公

而爲山彼不預吾事吾事畢矣竊怪夫後之賢
者之不能自處其身也饑寒窮困之不勝而號
於人嗚呼使吾誠死於饑寒窮困邪則天下後
世之責將必有在彼其身之責不自任以爲憂
而我取而加之吾身不已過乎今洵之不肖何
敢以自列於聖賢然其心亦有所不甚自輕者
何則天下之學者孰不欲一蹴而造聖人之域
然及其不成也求一言之幾乎道而不可得也

王鏊曰若或起若或相正暗影大與意

千金之子可以貧人可以富人非天之所與雖以貧人富人之權求一言之幾乎道不可得也天子之宰相可以生人可以殺人非天之所與雖以生人殺人之權求一言之幾乎道不可得也今洵用力於聖人賢人之術亦已久矣其言語其文章雖不識其果可以有用於今而傳於後與否獨怪其得之之不勞方其致思於心也若或起之得之心而書之紙也若或相之夫豈

茅坤曰與歐內翰書說學文工夫甚難此卻說甚易見老泉學力到處

錢穀曰窮困乱心則文淺狹世俗踈濶則文幾道解此者可與語文

無一言之幾乎道千金之子天子之宰相求而不得者一旦在已故其心得以自負或者天其亦有以與我也曩者見執事於益州當時之文淺狹可笑饑寒窮困亂其心而聲律記問又從而破壞其體不足觀也已數年來退居山野自分永棄於世俗日踈闊得以大肆其力於文章詩人之優柔騷人之精深孟韓之温淳遷固之雄剛孫吳之簡切投之所嚮無不如意常以爲

董生得聖人之經其失也流而爲迂鼂錯得聖人之權其失也流而爲詐有二子之才而不流者其惟賈生乎惜乎今之世愚未見其人也作策二道曰審勢審敵作書十篇曰權書洵有山田一頃非凶歲可以無饑力耕而節用亦足以自老不肖之身不足惜而天之所與者不忍棄且不敢褻也執事之名滿天下天下之士用與不用在執事故敢以所謂策二道權書十篇者

唐順之曰本欲求知郤説士當自重便不放倒架子

蘇文骨

爲獻平生之文遠不可多致有洪範論史論七篇近以獻内翰歐陽公度執事與之朝夕相從而議天下之事則斯文也其亦庶乎得陳於前矣若夫其言之可用與其身之可貴與否者執事事也執事責也於洵何有哉

無其責在人

一篇之骨在首一句説天之所以與我者占得地步高亦從論語中夫子言語變化來篇中惜乎今之世愚未見其人也句即孟子然而無有乎意而其文之波瀾或疾而奔或迴而婉有無窮之妙如此文古今不易得也

茅坤曰氣多奇杰處

穆文熙曰大力負趫令人志澹想其十年間所見到此

上余青州書

洵聞之楚人（引古立案）高令尹子文之行曰三以爲令尹而不喜三奪其令尹而不怒其爲令尹也楚人爲之喜而其去令尹也楚人爲之怒已不期爲令尹而令尹自至夫令尹子文豈獨惡夫富貴哉（就家自一斷）知其不可以求得而安其自得是以喜怒不及其心而人爲之囂囂嗟夫豈亦不足以見己大而人小邪脫然爲棄於人而不知棄之爲悲

茅坤曰雖傾佘公實以自許

紛然爲取於人而不知取之爲樂人自爲棄我取我而吾之所以爲我者如一則亦不足以高視天下而竊笑矣哉昔者明公之初自奮於南海之濱而爲天下之名卿當其盛時激昂慷慨論得失定可否左摩西羌右揣契丹奉使千里彈壓强捍不屈之虜其辯如决河流而東注諸海名聲四溢於中原而滂薄於戎狄之國可謂至盛矣及至中廢而爲海濱之匹夫蓋其間十

有餘年明公無求於人而人亦無求於明公者其後適會南蠻縱横放肆充斥萬里而莫之或救明公乃起於民伍之中折尺箠而笞之不旋踵而南方又安夫明公豈有求而爲之哉適會事變以成大功功成而爵禄至明公之於進退之事蓋亦綽綽乎有餘裕矣悲夫世俗之人紛紛於富貴之間而不知自止達者安於逸樂而習爲高岸之節顧視四海饑寒窮困之士莫不

穆文熙曰期余公以不驕期己以不諂

嚬蹙嘔噦而不樂窮者藜藿不飽布褐不暖習爲貧賤之所摧折仰望貴人之輝光則爲之顛倒而失措此二人者皆不可與語於輕富貴而安貧賤何者彼不知貧富貴賤之正味也夫惟天下之習於富貴之榮而狃於貧賤之辱者而後可與語此今夫天下之所以奔走於富貴者我知之矣而不敢以告人也富貴之極止於天子之相而天子之相果誰爲之名豈天爲之名

虞祛曰不第曰安其自得而曰有德有才老泉扶持可想非徒驕語岩穴已着

邪其無乃亦人之自相名邪夫天下之官上自三公至於卿大夫而下至於士此四人者皆人之所自爲也而人亦自貴之天下以爲此四者絕羣離類特立於天下而不可幾近則不亦大惑矣哉盍亦反其本而思之夫此四名者其初蓋出於天下之人出其私意以自相號呼者而已矣夫此四名者果出於人之私意所以自相號呼也則夫世之所謂賢人君子者亦何以異

唐順之曰以文青州入議以文青州结議

此有才者爲賢人而有德者爲君子此二名者夫豈輕也哉而今世之士得爲君子者一爲世之所棄則以爲不若一命士之貴而況以與三公爭哉且夫明公昔者之伏於南海與夫今者之爲東諸侯也君子豈有間於其間而明公亦豈有以自輕而自重哉洵以爲明公之習於富貴之榮而狃於貧賤之辱其嘗之也蓋以多矣是以極言至此而無所迂曲洵西蜀之匹夫嘗

有志於當世因循不遇遂至於老然其嘗所欲見者天下之士蓋有五六人五六人者已略見矣而獨明公之未嘗見每以爲恨今明公來朝而洵適在此是以不得不見伏惟加察幸甚

茅坤曰一段敘諸君子之離合見己望慕之切一段稱歐陽公之文見己知公之深三段自敘功力欲歐陽公之知己

上歐陽內翰第一書

內翰執事洵布衣窮居嘗切有歎以爲天下之人不能皆賢不能皆不肖故賢人君子之處於世合必離離必合往者天子方有意於治而范公在相府富公爲樞密副使執事與余公蔡公爲諫官尹公馳騁上下用力於兵革之地方是之時天下之人毛髮絲粟之才紛紛然而起合而爲一而洵也自度其愚魯無用之身不足以

唐順之曰忽入議論作波瀾

自奮於其間退而養其心幸其道之將成而可以復見於當世之賢人君子不幸道未成而范公西富公北執事與余公蔡公分散四出而尹公亦失勢奔走於小官洵時在京師親見其事忽忽仰天歎息以爲斯人之去而道雖成不復足以爲榮也既復自思念往者衆君子之進於朝其始也必有善人焉推之今也亦必有小人焉間之今之世無復有善人也則已矣如其不

然也吾何憂焉姑養其心使其道大有成而待之何傷退而處十年雖未敢自謂其道有成矣然浩浩乎其胸中若與曩者異而余公適亦有成功於南方執事與蔡公復相繼登於朝富公復自外入爲宰相其勢將復合爲一喜且自賀以爲道既已粗成而果將有以發之也既又反而思其嚮之所慕望愛悅之而不得見之者蓋有六人今將往見之矣而六人者已有范公尹

集註曰諸賢合則欣〻離則戚〻老泉臭味如此使得栖歐建壁可想

公二人二人亡焉則又爲之潸然出涕以悲嗚呼二人者不可復見矣而所恃以慰此心者猶有四人也則又以自解思其止於四人也則又汲汲欲一識其面以發其心之所欲言而富公又爲天子之宰相遠方寒士未可遽以言通於其前余公蔡公遠者又在萬里外獨執事在朝廷間而其位差不甚貴可以叫呼扳援而聞之以言而饑寒衰老之病又痼而留之使不克自至於

茅坤曰：擧前覆說一番，舒卷得趣。

茅坤曰：許三子文章，直如寫生。

執事之庭夫以慕望愛悅其人之心十年而不得見而其人已死如范公尹公二人者則四人之中非其勢不可遽以言通者何可以不能自往而遽已也執事之文章天下之人莫不知之然竊自以爲洵之知之特深愈於天下之人何者孟子之文語約而意盡不爲巉刻斬絶之言而其鋒不可犯韓子之文如長江大河渾浩流轉魚黿蛟龍萬怪惶惑而抑遏蔽掩不使自露

而人望見其淵然之光蒼然之色亦自畏避不敢迫視執事之文紆餘委備往復百折而條達疎暢無所間斷氣盡語極急言竭論而容與閒易無艱難勞苦之態此三者皆斷然自爲一家之文也惟李翺之文其味黯然而長其光油然而幽俯仰揖讓有執事之態陸贄之文遣言措意切近的當有執事之實而執事之才又自有過人者蓋執事之文非孟子韓子之文而歐陽

子之文也夫樂道人之善而不爲諂者以其人誠足以當之也彼不知者則以爲譽人以求其悦己也夫譽人以求其悦己洵亦不爲也而其所以道執事光明盛大之德而不自知止者亦欲執事之知其知我也雖然執事之名滿於天下雖不見其文而固已知有歐陽子矣而洵也不幸墮在草野泥塗之中而其知道之心又近而粗成而欲徒手奉咫尺之書自托於執事將

穆文熙曰高適五十始作詩為少陵所推老泉二十五歲始讀書為歐陽所許功深力到無蚤晚也東坡詩云下士晚聞道聊以拙自脩文公每以引後學、、

焦竑曰兀然端誦當作何想此真讀書者晋書

蘇文

使執事何從而知之何從而信之哉洵少年不學生二十五歲始知讀書從士君子遊年既已晚而又不遂刻意厲行以古人自期而視與已同列者皆不勝已則遂以為可矣其後困益甚然後取古人之文而讀之始覺其出言用意與已大異時復內顧自思其才則又似夫不遂止於是而已者由是盡燒曩時所為文數百篇取論語孟子韓子及其他聖人賢人之文而兀然

戛、、乎陳言之是去妙

謂淵明讀書不求甚解而楊用脩以爲世俗之見不曉淵明

穆文熙曰文家妙處至不能自制渾渾乎未之易則極矣南華所云天籟

端坐終日以讀之者七八年方其始也入其中而惶然博觀於其外而駭然以驚及其久也讀之益精而其胸中豁然以明若人之言固當然者然猶未敢自出其言也時既久胸中之言日益多不能自制試出而書之已而再三讀之渾渾乎覺其來之易矣然猶未敢以爲是也近所爲洪範論史論凡七篇執事觀其如何嘻區區而自言不知者又將以爲自譽以求人之知已

也惟執事思其十年之心如是之不偶然也而察之

觀此與上田樞密書可以見老泉學問之所得矣大抵韓柳諸大家各有自得觀其文集可見

篇首合離二字是一篇求見主意

茅坤曰告知己者之前情詞可涕

姜寶曰彷彿文公代張籍與李浙東書

上張侍郎第二書

省主侍郎執事洵始至京師時平生親舊往往在此不見者蓋十年矣惜其老而無成問所以來者既而皆曰子欲有求無事他人須張益州來乃濟且云公不惜數千里走表爲子求官苟歸立便殿上與天子相唯諾顧不肯邪退自思公之所與我者蓋不爲淺所不可知者唯其力不足而勢不便不然公於我無愛也聞之古人

茅坤曰描畫有情

日中必㸑操刀必割當此時也天子虛席而待公其言宜無不聽用洵也與公有如此之舊適在京師且未甚老而猶足以有爲也此時而無成亦足以見他人之無足求而他日之無及也已昨聞車馬至此有日西出百餘里迎見雪後苦風晨至鄭州唇黑面烈僮僕無人色從逆旅主人得束薪緼火良久乃能以見出鄭州十里許有導騎從東來驚愕下馬立道周云宋端明

激切

力足勢便

茅坤曰冷語相激不說出有求來

且至從者數百人足聲如雷已過乃敢上馬徐去私自傷至此伏惟明公所謂潔廉而有文可以比漢之司馬子長者。蓋窮困如此豈不爲之動心而待其多言邪。

含蓄無盡

茅坤曰議論簡嚴情事曲折氣格自穀梁來

霍韜曰譜以族名公之也獨吾親之詳與尊焉文似不公老泉

蘇氏族譜

蘇氏之譜譜蘇氏之族也蘇氏出自高陽而蔓延于天下唐神龍初長史味道刺眉州卒于官一子留於眉眉之有蘇氏自是始而譜不及焉者親盡也親盡則曷爲不及譜爲親作也凡子得書而孫不得書何也以著代也自吾之父以至吾之高祖仕不仕娶某氏享年幾某日卒皆書而他不書何也詳吾之所自出也自吾之父

一回曰譜吾作也詳與尊焉得專之不思數世後族有良焉而續名譜彼亦得專之又誰禁之耶孰若公之可繼

穆文熙曰恭業梓叶棠棣老泉寧第文士

以至吾之高祖皆曰諱某而他則遂名之何也尊吾之所自出也譜爲蘇氏作而獨吾之所自出得詳與尊何也譜吾作也嗚呼觀吾之譜者孝弟之心可以油然而生矣情見于親親見于服服始於衰而至於緦麻而至於無服無服則親盡親盡則情盡情盡則喜不慶憂不弔喜不慶憂不弔則塗人也吾之所以相視如塗人者其初兄弟也兄弟其初一人之身也悲夫一人

詳與尊二字更稍易不得

結得好

無人如此發明

穆文熙曰陶淵明詩云同源分派人易世疎慨然寤歎念茲厥初與老泉此引均堪俯仰

之身分而至於塗人此吾譜之所以作也其意曰分而至於塗人者勢也勢吾無如之何也已幸其未至於塗人也使之無至於忽忘焉可也

可以想見忠厚氣象

應上

嗚呼觀吾之譜者孝弟之心可以油然而生矣系之以詩曰

吾父之子今爲吾兄吾疾在身兄呻不寧數世之後不知何人彼死而生不爲戚欣兄弟之親如足于手其能幾何彼不相能彼獨何心

茅坤曰：即木假山看出許多幸不幸来，有感慨，有態度。凡六轉，入山末又一轉，有百尺竿頭之意。

木假山記

木之生，或蘖而殤，或拱而夭；幸而至於任爲棟梁，則伐；不幸而爲風之所拔，水之所漂，或破折，或腐；幸而得不破折不腐，則爲人之所材，而有斧斤之患。其最幸者，漂沉汩沒於湍沙之間，不知其幾百年，而其激射齧食之餘，或髣髴於山者，則爲好事者取去，强之以爲山，然後可以脫泥沙而遠斧斤。而荒江之濆，如此者幾何，不爲

此轉尤妙

唐順之曰一一抱前極緊嚴極洁潑

好事者所見而爲樵夫野人所薪者何可勝數則其最幸者之中又有不幸者焉予家有三峰予毎思之則疑其有數存乎其間且其蘗而不殤拱而不夭任爲棟梁而不伐風拔水漂而不破折不腐不破折不腐而不爲人所材以及於斧斤出於湍沙之間而不爲樵夫野人之所薪而後得至乎此則其理似不偶然也然予之愛之則非徒愛其似山而又有所感焉非徒愛之

錢穀曰一曰魁岸踞肆一曰莊栗刻峭自是倜儻不凡氣象令人有高山仰止之思

而又有所敬焉予見中峰魁岸踞肆意氣端重若有以服其旁之二峰二峰者莊栗刻峭凛乎不可犯雖其勢服於中峰而岌然無阿附意吁其可敬也夫其可以有所感也夫

楊慎曰李善云有物有文曰色風雖地氣然亦有光毛萇詩註云風行水上曰漪易曰風行水上渙按老泉文甫字説本之易衍之詩註而發其旨者李善也

仲兄字文甫說

洵讀易至渙之六四曰渙其羣元吉曰嗟夫羣者聖人所欲渙以混一天下者也蓋余仲兄名渙而字公羣則是以聖人之所欲解散滌蕩者以自命也而可乎他日以告兄曰子可無爲我易之洵曰唯旣而曰請以文甫易之如何且兄嘗見夫水之與風乎油然而行淵然而留渟洄汪洋滿而上浮者是水也而風實起之蓬蓬然

茅坤曰肖莊子

而發乎大空不終日而行乎四方蕩乎其無形飄乎其遠來既往而不知其迹之所存者是風也而水實形之今夫風水之相遭乎大澤之陂也紆餘委虵蜿蜒淪漣安而相推怒而相凌舒而如雲蹙而如鱗疾而如馳徐而如徊揖讓旋辟相顧而不前其繁如縠其亂如霧紛紜鬱擾百里若一汩乎順流至乎滄海之濱滂薄洶涌號怒相軋交橫綢繆放乎空虛掉乎無垠橫流

茅坤曰又轉進一步

逆折濆旋傾側宛轉膠戾回者如輪縈者如帶直者如燧奔者如鮫跳者如鷺投者如鯉殊狀異態而風水之極觀備矣故曰風行水上渙此亦天下之至文也然而此二物者豈有求乎文哉無意乎相求不期而相遭而文生焉是其爲文也非水之文也非風之文也二物者非能爲文而不能不爲文也物之相使而文出於其間也故此天下之至文也今夫玉非不温然美矣

茅坤曰借二物相形文不枯淡

唐順之曰本意在此

茅坤曰有此一段文字地步便高

而不得以爲文刻鏤組繡非不文矣而不可與論乎自然故夫天下之無營而文生之者唯水與風而已昔者君子之處於世不求有功不得已而功成則天下以爲賢不求有言不得已而言出則天下以爲口實嗚呼此不可與他人道之唯吾兄可也

茅坤曰此老於通論二子之終也卒之長公再以斥廢僅而能免少公終得以遺老自觧脱悠、卒歲亦奇矣
又曰文字僅百而無限宛轉無限情思

名二子説

輪輻蓋軫皆有職乎車而軾獨若無所爲者雖然去軾則吾未見其爲完車也軾乎吾懼汝之不外飾也天下之車莫不由轍而言車之功者轍不與焉雖然車仆馬斃而患亦不及轍是轍者善處乎禍福之間也轍乎吾知免矣

言天下無此人不得

不外飾與無所爲相應

言忌之者或可免禍

茅坤曰文有生色當與韓昌黎送殷員外等序相伯仲

送石昌言使北引

昌言舉進士時吾始數歲未學也憶與羣兒戲先府君側昌言從旁取棗栗啖我家居相近又以親戚故甚狎昌言舉進士日有名吾後漸長亦稍知讀書學句讀屬對聲律未成而廢昌言聞吾廢學雖不言察其意甚恨後十餘年昌言及第第四人守官四方不相聞吾以壯大乃能感悔摧折復學又數年游京師見昌言長安相

與勞苦如平生歡出文十數首昌言甚喜稱善吾晚學無師雖日爲文中甚自慚又聞昌言説乃頗自喜今十餘年又來京師而昌言官兩制乃爲天子出使萬里外强悍不屈之虜庭建大旆從騎數百送車千乘出都門意氣慨然自思爲兒時見昌言先府君旁安知其至此富貴不足怪吾於昌言獨有感也丈夫生不爲將得爲使折衝口舌之間足矣往年彭任從富公使還

茅坤曰老泉生平意氣如此

錢穀曰上皇帝書云使惟其可意其自許乎

錢穀曰此心疑目疑之說也若蘊似目無全敵

茅坤曰結意在此蓋歎昌言不受虜欺

爲我言旣出境宿驛亭聞介馬數萬騎馳過劒槊相摩終夜有聲從者怛然失色及明視道上馬迹尚心掉不自禁凡虜所以夸耀中國者多此類中國之人不測也故或至於震懼而失辭以爲夷狄笑嗚呼何其不思之甚也昔者奉春君使冒頓壯士健馬皆匿不見是以有平城之役今之匈奴吾知其無能爲也孟子曰說大人者藐之況於夷狄請以爲贈

蘇文六卷（卷一——卷二）

（宋）蘇軾　撰

（明）錢豐寰、茅坤　評

明閔氏刻三色套印本

原書高二十九點五釐米，寬十八點九釐米；
板框高二十點三釐米，寬十四點六釐米。

蘇文忠公文選序

世運升降文章以之盛衰而其間有以世運爲文章亦有文章持世運則皆人心爲之人心有轉世世轉之殊故文章隨有趨世持世之異自六

經散而諸子起氣漸漓矣西京之文猶號近古迨六朝而唐宋愈贍愈靡雖昌黎公力起而振之然一時未有同調至眉山蘓氏出父子兄弟鼎峙中流而子瞻尤以神仙軼

世之才獨建旗鼓傳稱渾涵
光芒雄視百家倘所謂轉世
而不世轉持世而不世趨者
非歟
明興操觚家遞爲評選屈指
未易更僕數豐寰錢先生業

加品隲而鹿門先生又有文抄行海内然覽者不無浩夥之歎余友閔氏爾容復取而棕核之批評以豐寰爲宗間採鹿門附焉考訂嚴確則是集非泛帙也授其編屬余序

余以此道未窺一班惡能以敗紫之肺腸恣嚼蠟之舌吻雖然僧繇之觀吳畫也寢臥其下三日不棄去余友以僧繇之意視子瞻之文余惡得不師余友之意寢臥其下哉

若曰是選之出徒侈觀美則

惡乎然友弟沈闇章題

蘇東坡文選凡例

豐裒錢先生圈點用硃如 ──── 係緊

要處或一篇主意如 ──── 係轉或提或

連如 ○○○○○ 妙境如 、、、、、

、、佳境如 ⬭ ○如一二字 ○○

係字眼或主意如 ●● 係字眼或主意如

ㄴ係大段落或譬喻如 一 或大段落或

小段落或段落中枝節或承上起下或一篇

岐路處

鹿門茅先生圈點用黛

凡一篇本末大旨則挈而鐫之本題之上間或於篇中抹出或——或‖其間起案結伏或——或‖或鐫數字凡文之佳處首圓圈○次則尖圈△又次則旁點丶間有儆處則亦旁抹或鐫數字

蘇文目錄

大臣論上
大臣論下
武王論
平王論
始王論一
始王論二
漢高帝論
魏武帝論
伊尹論

東坡

諸葛亮論
子思論
孟軻論
荀卿論
韓非論
御試制科策一道
策略并序
策略一
策略二

無沮善
敦敎化
勸親睦
均戸口
較賦役
敎戰守
去姦民
省費用
定軍制

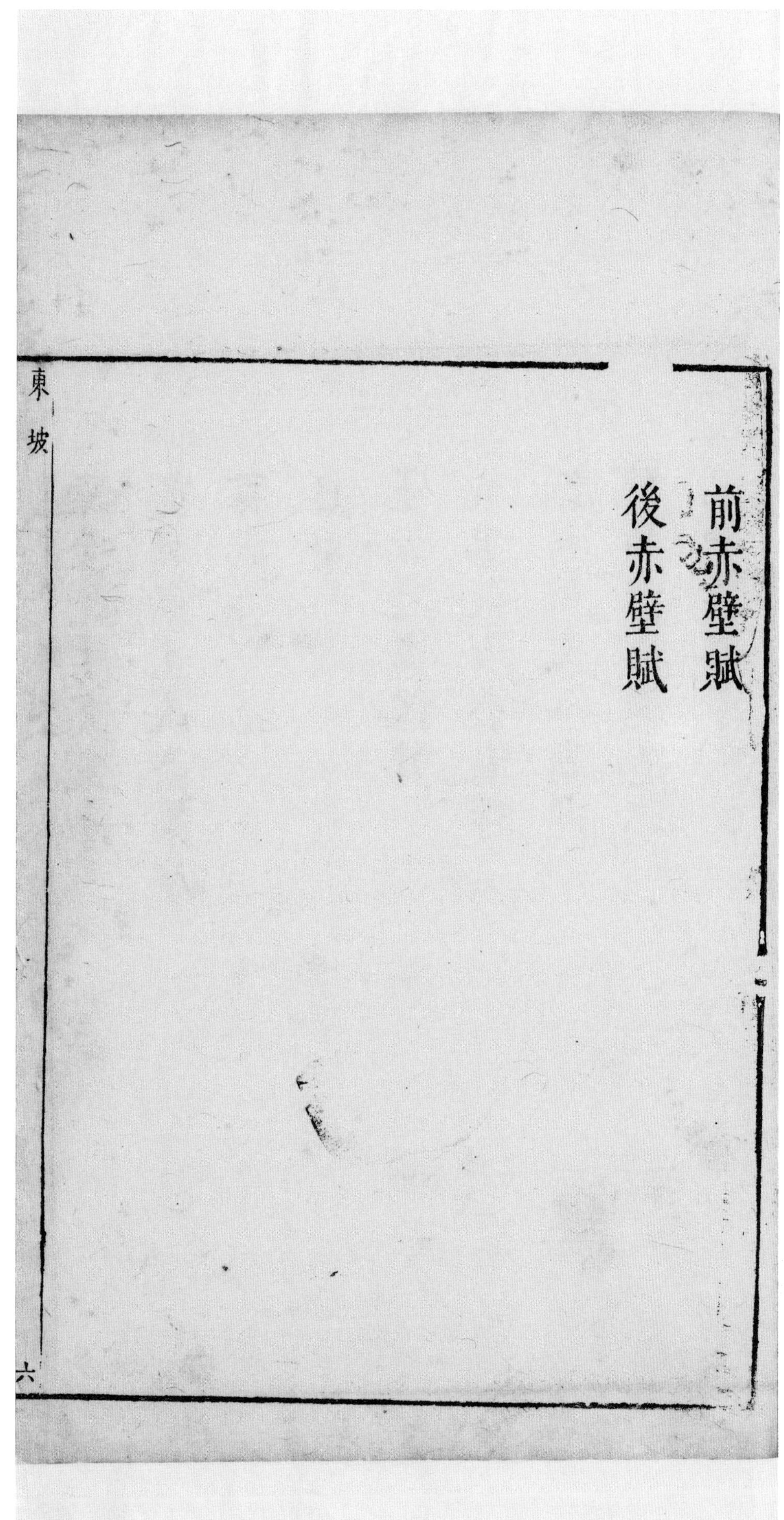

茅鹿門曰東坡試論文字悠揚婉宕暢屋中極利者也

蘇文卷之一

刑賞忠厚之至 省試

此東坡所作時論也大才爛然自不可及

堯舜禹湯文武成康之際何其愛民之深憂民之切而待天下以君子長者之道也有一善從而賞之又從而咏歌嗟歎之所以樂其始而勉其終有一不善從而罰之又從而哀矜懲創之所以棄其舊而開其新故其吁俞之聲歡休慘戚見于虞夏商周之書成康既沒穆王立而周道始衰然猶命其臣呂侯而告之以祥刑其言憂而不傷威而不

從與從去，公是忠厚之至。宗方城曰：獨舉堯以爲舜禹湯文武之例，刑賞忠厚意便躍然。

茅鹿門曰：將虛情作實案。

茅鹿門曰：可以賞以下方

怒慈愛而能斷惻然有哀憐無辜之心故孔子猶有取焉傳曰賞疑從與所以廣恩也罰疑從去所以慎刑也當堯之時皐陶爲士將殺人皐陶曰殺之三堯曰宥之三故天下畏皐陶執法之堅而樂堯用刑之寬四岳曰鯀可用堯曰不可鯀方命圮族既而曰試之何堯之不聽皐陶之殺人而從四岳之用鯀也然則聖人之意蓋亦可見矣書曰罪疑惟輕功疑惟重與其殺不辜寧失不經嗚呼盡之矣可以賞可以無賞賞之過乎仁可以罰可以

入本來話頭

好筆意

無罰。罰之過乎義。過乎仁。不失爲君子。過乎義則流而入於忍人。故仁可過也。義不可過也。古者賞不以爵禄。刑不以刀鋸。賞以爵禄。是賞之道行於爵禄之所加。而不行於爵禄之所不加也。刑以刀鋸。是刑之威施於刀鋸之所及。而不施於刀鋸之所不及也。先王知天下之善不勝賞。而爵禄不足以勸也。知天下之惡不勝刑。而刀鋸不足以裁也。是故疑則舉而歸之於仁。以君子長者之道待天下。使天下相率而歸於君子長者之道。故曰忠厚

之至也詩曰君子如祉亂庶遄已君子如怒亂庶
遄沮夫君子之巳亂豈有異術哉時其喜怒而無
失乎仁而已矣春秋之義立法貴嚴而責人貴寬
因其褒貶之義以制賞罰亦忠厚之至也

唐荆川曰一文一意翻作數段

茅鹿門曰時論中妙手其體格與今無相遠

王

孔子從先進

一破立大意下段段發之妙語

逐此而氣脈融暢佳哉佳哉

破

君子之欲有爲於天下莫重乎其始進也始進以正猶且以不正繼之况以不正進者乎古之人有欲以其君王者也有欲以其君霸者也有欲彊其國者也是三者其志不同故其術有淺深而其成功有巨細雖其終身之所爲不可逆知而其大節必見於其始進之日何者其中素定也未有進以彊國而能霸者也未有進以霸而能王者也伊尹之耕於有莘之野也其心固曰使吾君爲堯舜之

承

腹

總挈數

語於此下而條分縷析

霸　一　彊

君而吾民為堯舜之民也以伊尹為以滋味說湯者此戰國之策士以已度伊尹也君子疾之管仲見桓公于纍囚之中其所言者固欲合諸侯攘戎狄也管仲度桓公足以霸度其身足以為霸者之佐是故上無侈說下無卑論古之人其自知明也如此商鞅之見孝公也三說而後合甚矣鞅之懷詐挾術以欺其君也彼豈不自知其不足以帝且王哉顧其形名慘刻之學恐孝公之不能從是故設為高論以眩之君既不能是矣則舉其國惟吾

此一段是孔子從先進意

儘說得圓活

之所欲爲不然豈其負帝王之略而每見輒變以狥人乎商鞅之不終於秦也是其進之不正也聖人則不然其志愈大故其道愈高其道愈高故其合愈難聖人視天下之不治如赤子之在水火也其欲得君以行道可謂急矣然未嘗以難合之故而少貶焉者知其始於少貶而其漸必至陵遲而大壞也故曰先進于禮樂野人也後進於禮樂君子也如用之則吾從先進孔子之世其諸矦卿大夫視先王之禮樂猶方圓冰炭之不相入也進而

唐荆川曰引用成語説得此題尤緊且用故字而字遞下無些痕迹

先之以禮樂其不合必矣是人也以道言之則聖人以世言之則野人也若夫君子之急於有功者則不然其未合也先之以世俗之所好而其旣合也則繼以先王之禮樂其心則然然其進不正未有能繼以正者也故孔子不從而孟子亦曰枉尺直尋者以利言也如以利則枉尋直尺而利亦可爲與君子之得其君也旣度其君又度其身君能之而我不能不敢進也我能之而君不能不可爲也不敢進而進是易其君不可爲而爲是輕其身

是二人者皆有罪焉故君子之始進也曰君苟用我矣我且爲是君曰能之則安受而不辭君曰不能天下其獨無人乎至於人君亦然將用是人也則告之以已所欲爲要其能否而責成焉其曰姑用之而試觀之者皆過也後之君子其進也無所不至惟恐其不合也曰我將權以濟道旣而道卒不行焉則曰吾君不足以盡我也始不正其身終以謗其君是人也自以爲君子而孟子之所謂賊其君者也

三〇〇

茅鹿門曰奇逸絕塵是時論中射鵰手也舉業到此脫凡胎矣

茅鹿門曰以下一大段正爲蘇雖張本

王者不治夷狄

夷狄不可以中國之治治也譬若禽獸然求其大治必至於大亂先王知其然是故以不治治之治之以不治者乃所以深治之也春秋書公會戎於潛何休曰王者不治夷狄錄戎來者不拒去者不追也夫天下之至嚴而用法之至詳者莫過於春秋凡春秋之書公書侯書字書名其君得爲諸侯其臣得爲大夫者舉皆齊晉也不然則齊晉之與國也其書州書國書氏書人其君不得爲諸侯其

平平寫來自見奇特

如此反覆三段文勢如層巒疊嶂筆力大高

臣不得爲大夫者舉皆秦楚也不然則秦楚之與國也夫齊晉之君所以治其國家擁衛天子而愛養百姓者豈能盡如古法哉蓋亦出於詐力而參之以仁義是秦晉亦未能純爲中國也秦楚者亦非獨貪冒無恥肆行而不顧也蓋亦有秉道行義之君焉是秦楚亦未至於純爲夷狄也齊晉之君不能純爲中國而春秋之所予者常在焉有善則汲汲而書之惟恐其不得聞於後世有過則多方而開赦之惟恐其不得爲君子秦楚之君未至於

又翻出一層

此數句聯合前後尤力

純爲夷狄而春秋之所不予者常在焉有善則累而後進有惡則略而不錄以爲不足錄也是非獨私於齊晉而偏疾於秦楚也以見中國之不可以一日背而夷狄之不可以一日嚮也其不純者不足以寄其褒貶則其純者可知矣故曰天下之至嚴而用法之至詳者莫如春秋夫戎者豈獨如秦楚之流入於夷狄而已哉然而春秋書之曰公會戎於潛公無所貶而戎爲可會是獨何歟夫戎之不能以會禮會公亦明矣此學者之所以深疑而

方入正意

茅鹿門曰數題

見不為本意

求其説也故曰王者不治夷狄録戎來者不拒去者不追也夫以戎之不可以化誨懷服也彼其不悍然執兵以與我從事於邊鄙則已幸矣又況知有所謂會者而欲行之是豈不足以深嘉其意乎不然將深責其禮彼將有所不堪而發其憤怒則其禍大矣仲尼深憂之故因其來而書之以會曰若是足矣是將以不治深治之也由是觀之春秋之疾戎狄者非疾純戎狄也疾夫以中國而流入於戎狄者也

雅當

既醉備五福　秘閣試

初不餙辭鍊格而一筆寫來自成高絶

君子之所以大過人者非以其智能知之彊能行之也以其功與而民勞與之同勞功成而民樂與之同樂如是而已矣富貴安逸者天下之所同好也然而君子獨享焉享之而安天下以爲當然者何也天下知其所以富貴安逸者凡以庇覆我也貧賤勞苦者天下之所同惡也而小人獨居焉居之而安天下以爲當然者何也天下知其所以貧賤勞苦者凡以生全我也夫然故獨享天下之大

筆勢縱肆

利而不憂使天下爲己勞苦而不休矣耳聽天下之備聲目覩天下之備色而民猶以爲未也相與禱祠而祈祝曰使吾君長有吾國也又相與詠歌而稱頌之被於金石溢於竹帛使其萬世而不忘也嗚呼彼君子者獨何修而得此於民哉豈非始之以至誠中之以不欲速而終之以不懈歟視民如視其身待其至愚者如其至賢者是謂至誠至誠無近效要在於自信而不惑是謂不欲速不欲速則能久久則功成功成則易懈君子濟之以恭

前一段言富貴安逸二段與此二

是謂不懈行此三者所以得此於民也三代之盛不能加毫末於此矣既醉者武王之詩也其序曰既醉太平也醉酒飽德人有士君子之行焉而説者以爲是詩也實且五福其詩曰君子萬年壽也介爾景福富也室家之壼康寧也高明有融攸好德也高門令終考終命也凡此言者非美其有是五福也美其全享是福兼有是樂而天下安之以爲當然也夫詩者不可以言語求而得必將深觀其意焉故其譏刺是人也不言其所爲之惡而言

段是爾我相形主客相配文法孟子今王鼓樂先生以仁義二章皆此法也

其爵位之尊車服之美而民疾之以見其不堪也君子偕老副笄六珈赫赫師尹民具爾瞻是也其頌美是人也不言其所爲之善而言其冠佩之華容貌之盛而民安之以見其無愧也緇衣之宜兮敝予又改爲兮服其命服朱芾斯皇是也故既醉者非徒享是五福而已必將有以致之不然民將盻盻焉疾視而不能平治又安能獨樂乎是以孟子言王道不言其他而獨言民之聞其作樂視其田獵而欣欣者此可謂知本矣

茅鹿門曰中問君臣等四六讀入格眼今屬時論却能按經傳事情化腐為新

看他俱是空行全不着脚手

物不可以苟合

自架平舖中自有東坡風味

昔者聖人將欲有爲也其始必先有所甚難而其終也至於久遠而不廢其成之也難故其敗之也不易其得之也重故其失之也不輕其合之也遲故其散之也不速夫聖人之所爲詳于其始者非爲其始之不足以成而憂其終之易敗也非爲其始之不足以得而憂其終之易失也非爲其始之不足以合而憂其終之易散也天下之事如是足以成矣如是足以得矣如是足以合矣而必曰未

也又從而節文之綢繆委曲而爲之表飾是以至於今不廢及其後世求速成之功而勦於遲久故其欲成也止於其足以成欲得也止於其足以得欲合也止於其足以合而其甚者則又不能待其足其始不詳其終將不勝弊嗚呼此天下治亂享國長短之所從出歟聖人之始制爲君臣父子夫婦朋友也坐而治政奔走而執事此足以爲君臣矣聖人懼其相易而至於相凌也於是爲之車服采章以別之朝覲位著以嚴之名非不相聞也而

見必以贄心非不相信也而入必以籍此所以久
而不相易也杖履以爲安飲食以爲養此足以爲
父子矣聖人懼其相褻而至於相怨也於是制爲
朝夕省問之禮左右佩服之飾族居之爲歡而異
居以爲别合食之爲樂而異膳以爲尊此所以久
而不相褻也生以居於室死以葬於野此足以爲
夫婦矣聖人懼其相狎而至於相離也於是先之
以幣帛重之以媒妁不告於廟而終身以爲妾晝
居於内而君子問其疾此所以久而不相狎也安

居以爲黨急難以相救此足以爲朋友矣聖人懼其相瀆而至於相侮也於是戒其羣居嬉遊之樂而嚴其射御食飲之節足非不能行也而待擯相之詔禮口非不能言也而待介紹之傳命此所以久而不相瀆也天下之禍莫大於苟可以爲而止夫苟可以爲而止則君臣之相凌父子之相怨夫婦之相離朋友之相侮久矣聖人憂焉是故多爲之飾易曰藉用白茅無咎苟錯諸地而可矣藉之用茅何咎之有此古之聖人所以長有天下而後

世之所謂迂闊也。又曰。嗑者合也。物不可以苟合。故受之以賁盡矣。

直至結尾說破

三一四

茅鹿門曰辨而正

略說經須而後辭之

續楚語論

閣左氏之說破子厚之論道理家是且筆勢變化意見反覆

屈到嗜芰，有疾，召其宗老而屬之曰：「祭我必以芰。」及祥，宗老將薦芰，屈建命去之。君子曰：「不違而道。」唐柳宗元非之，曰：「屈子以禮之末，忍絕其父將死之言，且禮有齊之日，思其所樂，思其所嗜，子木去芰，安得爲道？甚矣，柳子之陋也。子木、楚卿之賢者也，夫豈不知爲人子之道，事死如事生，況於將死丁寧之言，棄而不用，人情之所忍乎？是必有大不忍於此者，而奪其情也。夫死生之際，聖人嚴之，薨

述左氏斷句

先點破

於路寢不死於婦人之手至於結冠纓啓手足之末不敢不勉其於死生之變亦重矣父子平日之言可以恩掩義至於死生至嚴之際豈容以私害公乎曾子有疾稱君子之所貴乎道者三孟僖子卒使其子學禮於仲尼管仲病勸威公去三豎夫數君子之言或主社稷或勤於道德或訓其子孫雖所趣不同然皆篤於大義不私其躬也如此今赫赫楚國若敖氏之賢聞於諸侯身爲正卿死不在民而口腹是憂其爲陋亦甚矣使子木行之國

正是亡不忍處

唐荊川曰逐句關鎖是評辯体

兩引事重處君父之親

人誦之太史書之天下後世不知夫子之賢而唯陋是聞子木其忍爲此乎故曰是必有大不忍者而奪其情也然禮之所謂思其所樂思其所嗜此言人子追思之道也曾晳嗜羊棗而曾子不忍食父没而不能讀父之書母没而不能執母之器皆人子之情自然也豈待父母之命耶今薦芰之事若出於子則可自其父命則爲陋耳豈可以飲食之故而成父莫大之陋乎曾子寢疾曾元難於易簀曾子曰君子之愛人也以德細人之愛人也以

姑息若以栁子之言爲然是曾元爲孝子而童子頓禮之未易簀於病革之中爲不仁之甚也中行偃死視不可含范宣子盟而撫之曰事吴敢不如事主猶視欒懷子曰主苟終所不嗣事於齊者有如河乃暝嗚呼范宣子知事吴爲忠於主而不知報齊以成夫子憂國之美其爲忠則大矣古人以愛惡比之美疢藥石曰石猶生我疢之美者其毒滋多由是觀之栁子之愛屈到是疢之美子木之違父命爲藥石也哉

茅鹿門曰通篇轉折處皆如游龍

小人必勝之故

續歐陽子朋黨論

歐陽子曰小人欲空人之國必進朋黨之説嗚呼國之將亡此其徵歟禍莫大於權之移人而君莫危於國之有黨有黨則必爭爭則小人者必勝而權之所歸也君安得不危哉何以言之君子以道事君人主必敬之而疎小人唯予言而莫予違人主必狎之而親疎者易間而親者難睽也而君子者不得志則舉身而退樂道不仕小人者不得志則徼倖復用唯怨之報此其所以必勝也盖嘗論

小人不可輕去

之君子如嘉禾也封植之甚難而去之甚易小人如惡草也不種而生去之復蕃世未有小人不除而治者也然去之爲最難斥其一則援之者衆盡其類則衆之致怨也深小者復用而肆威大者得志而竊國善人爲之掃地世主爲之屏息譬之斷虵不死刺虎不斃其傷人則愈多矣齊田氏魯季孫是已齊魯之執事莫匪田季之黨也歷數君不忘其誅而卒之簡公弑昭哀失國小人之黨其不可除也如此而漢黨錮之獄唐白馬之禍忠義之

此言散用黨之術

士斥死無餘君子之黨其易盡也如此使世主知易盡者之可戒而不可除者之可懼則有瘳矣且夫君子者世無若是之多也小人者亦無若是之衆也凡才智之士鋭於功名而嗜於進取者隨所用耳孔子曰仁者安仁智者利仁未必皆君子也冉有從夫子則爲門人之選從季氏則爲聚歛之臣唐柳宗元劉禹錫使不陷叔文之黨其高才絶學亦足以爲唐名臣矣昔欒懷子得罪於晉其黨皆出奔樂王鮒謂范宣子曰盍反州綽刑蒯勇士

也宣子曰彼欒氏之勇也余何獲焉王鮒曰子爲彼欒氏乃子之勇也嗚呼宣子早從王鮒之言豈獨獲二子之勇且安有曲沃之變哉愚以爲治道去泰甚耳苟黜其首惡而貸其餘使才者不失富貴不才者無以致憾將爲吾用之不暇又何怨之報乎人之所以爲盜者衣食不足耳農夫市人爲保其不爲盜而衣食旣足盜豈有不能返農夫市人也哉故善除盜者開其衣食之門使復其業善除小人者誘以富貴之道使隳其黨以力取威勝

者盖未嘗不反爲所噬昔曹參之治齊曰慎無擾獄市獄市奸人之所容也如此亦庶幾於善治矣奸固不可長而亦不可不容也若奸無所容君子豈久安之道哉牛李之黨徧天下而李德裕以一夫之力欲窮其類而致之必死此其所以不旋踵罹仇人之禍也奸臣復熾忠義益衰以力取威勝者果不可耶愚是以續歐陽子之説而爲君子小人之戒

前言朋黨之禍後言散兩黨之術此是東坡鰲齋莊

重文字其意與大臣上下二篇同當參看

茅鹿門曰首尾二千言如一串念佛珠其深入人情處如川雲嶺月

茅鹿門曰三柱子是舉業

思治論

此文章合意思處藏鋒斂機極有妙

手立字○發現機處○

方今天下何病哉其始不立其卒不成惟其不成是以厭之而愈不立也凡人之情一舉而無功則疑再則勸三則去之矣今世之士所以相顧而莫肯爲者非其無有忠義慷慨之志也又非其才術謀慮不若人也患在苦其難成而不復立不知其所以不成者罪在於不立也苟立而成矣今世有三患而終莫能去其所從起者則五六十年矣自宮室禱祠之役興錢幣茶鹽之法壞加之以師旅

利册

而天下常患無財五六十年之間下之所以游談聚議而上之所以變政易令以求豐財者不可勝數矣而財終不可豐自澶淵之役北虜雖求和而終不得其要領其後重之以西羌之變而邊陲不寧二國益驕以戰則不勝以守則不固而天下常患無兵五六十年之間下之所以游談聚議而上之所以變政易令以求强兵者不可勝數矣而兵終不可强自選舉之格嚴而吏拘於法不志於功名考功課吏之法壞而賢者無所勸不肖者無所

閑應緊密

先定規模一篇主意

懼而天下常患無吏五六十年之間下之所以游談聚議而上之所以變政易令以求擇吏者不可勝數矣而吏終不可擇財之不可豐兵之不可强吏之不可擇是豈真不可耶故曰其始不立其卒不成惟其不成是以厭之而愈不立也夫所貴於立者以其規模先定也古之君子先定其規模而後從事故其應也有候而其成也有形衆人以爲是汗漫不可知而君子以爲理之必然如炊之無不熟種之無不生也是故其用力省而成功速昔

使事一段譬喻一段俱言規模當先定

茅鹿門曰引古人之言而又番案譯而出之殊痛快

者子太叔問政於子産子産曰政如農功日夜以思之思其始而圖其終朝夕而行之行無越思如農之有畔子産以爲不思而行與凡行而出於思之外者如農之無畔也其始雖勤而終必棄之今夫富人之營宮室也必先料其資財之豐約以制宮室之大小既內決於心然後擇工之良者而用一人焉必告之曰吾將爲屋若干度用材幾何役夫幾人幾日而成土石材葦吾於何取之其工之良者必告之曰某所有木某所有石用材役夫若

言當時不先定規模

于某日而成主人率以聽焉及期而成既成而不失當則規模之先定也今治天下則不然百官有司不知上之所欲爲也而人各有心好大者欲王好權者欲霸而媮者欲休息文吏之所至則治刑獄而聚斂之臣則以貨財爲急民不知其所適從也及其發一政則曰姑試行之而已其濟與否固未可知也前之政未見其利害而後之政復發矣凡今之所謂新政者聽其始之議論豈不甚美而可樂哉然而布出於天下而卒不知其所終何則

茅鹿門曰名言切中古今情弊

其規模不先定也用舍係於好惡而廢興決於衆寡故萬全之利以小不便而廢者有之矣百世之患以小利而不顧者有之矣所用之人無常責而所發之政無成效此猶適千里不賫糧而假丐於塗人治病不知其所當用之藥而百藥皆試以僥倖於一物之中欲三患之去不可得也昔者太公治齊周公治魯至於數十世之後子孫之彊弱風俗之好惡皆可得而逆知之何者其所施專一則其勢固有以使之也管仲相桓公自始爲政而至

於覇其所施設皆有方法及其成功皆知其所以然至今可覆也咎犯之在晋范蠡之在越文公勾踐嘗欲用其民而二臣皆以爲未可及其以爲可用也則破楚滅吳如寄諸其鄰而取之此無他見之明而策之熟也夫今之世亦與明者熟策之而已士爭言曰如是而財可豐如是而兵可彊如是而吏可擇吾從其可行者而規模之發之以勇守之以專達之以彊日夜以求合於其所規模之內而無務出於其所規模之外其人專其政一然而

茅鹿門曰已有暗指

茅鹿門曰轉上一收字尤有見

不成者未之有也財之不豐兵之不彊吏之不擇此三者存亡之所從出而天下之大事也夫以天下之大事而有一人焉獨擅而兼言之則其所以治此三者之術其得失固不可知也雖不可知而此三者決不可不治者可知也是故不可以無術其術非難知而難聽非難聽而難行非難行而難收孔子曰好謀而成使好謀而不成不如無謀蓋世有好劒者聚天下之良金鑄之三年而成以爲吾劒天下莫敵也劒成而狠戾缺折不可用何者

茅鹿門曰名言切中古今情弊

歷言古人之能收者

是知鑄而不知收也今世之舉事者雖其甚小而欲成之者常不過數人欲壞之者常不可勝數可成之功常難形若不可成之狀常先見上之人方且眩瞀而不自信又何暇及於收哉古之人有犯其至艱而圖其至遠者彼獨何術也且非特聖人而已商君之變秦法也撄萬人之怒排舉國之說勢如此其逆也蘇秦之爲從也合天下之異以爲同聯六姓之䟽以爲親計如此其迂也淮陰侯請於高帝求三萬人願以北舉燕趙東擊齊南絶楚

之糧道而西會於滎陽耿弇亦言於世祖欲先定
漁陽取涿郡還收富平而東下齊世祖以爲落落
難合此皆越人之都邑而謀人國功如此其跡也
然而四子者行之若易然出於其口成於其手以
爲既已許吾君則親挈而還之今吾以自有之天
下而行吾所得爲之事其事又非有所拂逆於天
下之意也非有所待於人而後具也如有財而自
用之有子而自教之耳然而政出於天下有出而
無成者五六十年於此矣是何也意者知出而不

轉到規模上極有下落

點得謗

知收歟非不知收意者汗漫而無所收歟故爲之説曰先定其規模而後從事先定者可以謀人不先定者自謀常不給而况於人謀乎且今之世俗則有所可患者士大夫所以信服於朝廷者不篤而皆好議論以務非其上使人眩於是非而不知其所從從之則事舉無可爲者不從則其所行者常多故而易敗夫所以多故而易敗者人各持其私意以賊之議論勝於下而幸其無功者衆也富人之謀利也常獲世以爲福非也彼富人者信於

從衆則浮議可息
茅鹿門曰又進一步泒入人情

人素深而服於人素厚所爲而莫或害之所欲而莫或非之事未成而衆巳先成之矣夫事之行也有勢其成也有氣富人者乘其勢而襲其氣也欲事之易成則先治其所以信服天下者天下之事不可以力勝力不可勝則莫若從衆從衆者非從衆多之口而從其所不言而同然者是眞從衆也衆多之口非果衆也特聞於吾耳而接於吾前未有非其私説者也於吾爲衆於天下爲寡彼衆之所不言而同然者衆多之口舉不樂也以衆多之

獨挈一事作証

茅鹿門曰文拿一件極大

口所不樂而棄衆之所不言而同然則樂者寡而不樂者衆矣古之人常以從衆得天下之心而世之君子常以從衆失之不知夫古之人其所從者非從其口而從其所同然也何以明之世之所謂逆衆斂怨而不可行者莫若減任子然不顧而行之者五六年矣而天下未嘗有一言何則彼其口之所不樂而心之所同然也從其所同然而行之若猶有言者則可以勿䘏矣故爲之說曰發之以勇守之以專達之以彊苟知此三者非獨爲吾國

極難的作結

而已雖北取契丹可也。

此作凡三大段兩規模二字是一篇主意第一段言天下之患在於無財無兵無吏惟其治之不立故有此三患第二段言欲立者在於先定規模而嘆當時不能第三段首言專一次言能收三言默浮議皆所以定規模擬此篇作於嘉祐八年故所言皆變法事

茅鹿門曰當與歐陽公朋黨論參看

言小人不可輕擊

計其後而爲可居之功是

大臣論上

以義正君而無害於國可謂大臣矣天下不幸而無明君使小人執其權當此之時天下之忠臣義士莫不欲奮臂而擊之夫小人者必先得於其君而自固於天下是故法不可擊擊之而不勝身死其禍止於一身擊之而勝君臣不相安天下必亡是以春秋之法不待君命而誅其側之惡人謂之叛晉趙鞅入於晉陽以叛是也世之君子將有志於天下欲扶其衰而救其危者必先計其後而爲

以蒙正君而無害於國

漢唐諸人譬小人者是不能計其後而爲可居之功非以蒙正君而無害於國

可居之功其濟不濟則命也是故功成而天下安之今小人君不誅而吾誅之則是侵君之權而不可居之功也夫既已侵君之權而能北面就人臣之位使君不吾疑者天下未嘗有也國之有小人猶人之有癭今人之癭必生於頸而附於咽是以不可去有賤丈夫者不勝其忿而決去之夫是以去疾而得死漢之亡唐之滅由此故也自桓靈之後至於獻帝天下之權歸於内豎賢人君子進不容於朝退不容於野天下之怒可謂極矣當此之

以得無一些滲漏

只據前意詠嘆作結

時議者以爲天下之患獨在宦官宦官去則天下無事然竇武何進之徒擊之不勝止於身死袁紹擊之而勝漢遂以亡唐之衰也其迹亦大類此自輔國元振之後天子之廢立聽於宦官當此之時士大夫之論亦惟宦官之爲去然而李訓鄭注元載之徒擊之不勝止於身死至於崔昌遐擊之而勝唐亦以亡方其未去是纍然者癭而已矣及其既去則潰裂四出而繼之以死何者此侵君之權而不可居之功也且爲人臣而不顧其君捐其身

武進猶賢於訓注故止以武進言而訓注可知

於一決以快天下之望亦已危矣故其成則爲袁爲崔敗則爲何竇爲訓注然則忠臣義士亦奚取於此哉夫竇武何進之亡天下悲之以爲不幸然亦幸而不成使其成也二子者將何以居之故曰以義正君而無害於國可謂大臣矣

姜鳳阿曰主意

大臣論下

前論言小人不可輕擊此論言擊之之術

摠攝前論大旨

天下之權在於小人君子之欲擊之也不亡其身則亡其君然則是小人者終不可去乎聞之曰迫人者其智淺迫於人者其智深非才有不同所居之勢然也古之爲兵者圍師勿遏窮寇勿追誠恐其知死而致力則雖有衆無所用之故曰同舟而遇風則胡越可使相救如左右手小人之心自知其負天下之怨而君子之莫吾赦也則將日夜爲計以備一旦卒然不可測之患今君子又從而疾

急之以合其交

言速之所以爲患

惡之是以其謀不得不深其交不得不合交合而謀深則其致毒也忿戾而不可解故凡天下之患起於小人而成於君子之速之也小人在內君子在外君子爲客小人爲主主未發而客先焉則小人之詞直而君子之勢逆於不順直則可以欺衆而不順則難以令其下故昔之舉事者常以中道而衆散以至於敗則其理豈不甚明哉若夫智者則不然內以自固其君子之交而厚集其勢外以陽浮而不逆於小人之意以待其間寬之使不吾

寬之以待其變

關鎖上兩段

鎖

先說起數句

引起平勃事

疾狃之使不吾慮啖之以利以昏其智順適其意以殺其怒然後待其發而乘其隙推其墜而挽其絕故其用力也約而無後患莫爲之先故君不怒而勢不偪如此者功成而天下安之今夫小人急之則合寬之則散是從古而然也見利不能不爭見患不能不避無信不能不相詐無禮不能不相瀆是故其交易間其黨易破也而君子不務寬之以待其變而急之以合其交亦已過矣君子小人雜居而未決爲君子之計者莫若深交而無爲苟

平勃是能深交而無爲不急之以合其交而惟寬之以待其變

不能深交而無爲則小人倒持其柄而乘吾隙昔漢高之亡以天下屬平勃及高后臨朝擅王諸呂廢黜劉氏平日縱酒無一言及用陸賈計以千金交歡絳侯卒以此誅諸呂定劉氏使此二人者而不相能則是將相相攻之不暇而何暇及於劉呂之存亡哉故其說曰將相和調則士豫附士豫附則天下雖有變而權不分嗚呼知此其足以爲大臣矣夫

前一段言急之以合其交後一段言寬之以待其變末引平勃事作結最的當

茅鹿門曰通篇將無作有轉輾不窮大客從戰國辯口中來畧此是東坡議論文中滑稽也

武王論 文有筆之前面虛引作証後面實入武庚俱繫匠心國手

武王克殷以殷遺民封紂子武庚祿父使其弟管叔鮮蔡叔度相祿父治殷武王崩祿父以管蔡作亂成王命周公誅之而立微子於宋

蘇子曰武王非聖人也昔者孔子蓋罪湯武顧自以爲殷之子孫而周人也故不敢然數致意焉曰大哉巍巍乎堯舜也禹吾無間然其不足於湯武也亦明矣曰武盡美矣未盡善也又曰三分天下

將無作有

有其二以服事殷周之德其可謂至德也已矣伯夷叔齊之於武王也盖謂之弑君至耻之不食其粟而孔子予之其罪武王也甚矣此孔氏之家法也世之君子苟自孔氏必守此法國之存亡民之死生將於是乎在其孰敢不嚴而孟軻始亂之曰吾聞武王誅獨夫紂未聞弑君也自是學者以湯武爲聖人之正若當然者皆孔氏之罪人也使當時有良史如董狐者南巢之事必以叛書牧野之事必以弑書而湯武仁人也必將爲法受惡周公

此一轉從縮胥弒君来

茅鹿門曰此一段處分亦當

作無逸曰殷王中宗及高宗及祖甲及我周文王茲四人迪哲上不及湯下不及武王亦以是哉文王之時諸侯不求而自至是以受命稱王行天子之事周之王不王不討紂之存亡也使文王在必不伐紂紂不見伐而以考終或死於亂殷人立君以事周命爲二王後以祀殷君臣之道豈不兩全也哉武王觀兵於孟津而歸紂若不改過則殷人改立君武王之待殷亦若是而已矣天下無王有聖人者出而天下歸之聖人所不得辭也而以兵

分

又是將無作有

茅鹿門曰截然兩段却接得無痕

取之而放之而殺之可乎漢末大亂豪傑並起荀文若聖人之徒也以爲非曹操莫與定海內故起而佐之所以與操謀者皆王者之事也文若豈教操反者哉以仁義救天下天下旣平神器自至將不得已而受之不至不取也此文王之道文若之心也及操謀九錫則文若死之故吾嘗以文若爲聖人之徒者以其才似張子房而道似伯夷也殺其父封其子其子非人也則可使其子而果人也則必死之楚人將殺令尹子南子南之子棄疾爲

只用一句結起案

王馭士王泣而告之既而殺子南其徒曰行乎曰吾與殺吾父行將焉入然則臣王乎曰棄父事讐吾弗忍也遂縊而死武王親以黃鉞斬紂使武庚受封而不叛豈復人也哉故武庚之必叛不待智者而後知也武王之封武庚蓋亦不得已焉耳殷有天下六百年賢聖之君六七作紂雖無道其故家遺俗未盡滅也（又是將無作有）三分天下有其二殷不伐周而周伐之誅其君夷其社稷諸侯必有不悅者故封武庚以慰之此豈武王之意哉故曰武王非聖人

也。

茅鹿門曰子瞻之論武王雖非萬世之公而其原孔子之所與以見其所欲羅摟書之所及以見其所不及又以春秋所書趙盾者以蘂武王亦成一家縱横之言

茅鹿門曰此文類韓諱辯非蘇氏本色分明是宋南渡一斷案

平王論

太史公曰學者皆稱周伐紂居洛邑其實不然武王營之成王使召公卜居之居九鼎焉而周復都酆鎬至犬戎敗幽王周乃東徙於洛

蘇子曰周之失計未有如東遷之謬也自平王至於亡未有大無道者也頃王之神聖諸侯服享然終以不振則東遷之過也昔武王克商遷九鼎於洛邑成王周公復增營之周公旣沒蓋君陳畢公

茅鹿門曰：然是將無作有處，一譬收上就喚下波瀾。

更居焉，以重王室而已，非有意於遷也。周公欲葬成周，而成王葬之畢，此豈有意於遷哉？今夫富民之家，所以遺其子孫者，田宅而已。不幸而有敗，至於乞假以生可也，然終不敢議田宅。今平王舉文、武、成、康之業而大棄之，此一敗而鬻田宅者也。夏、商之王皆五六百年，其先王之德無以過周，而後王之敗亦不減幽、厲，然至于桀、紂而後亡。其未亡也，天下宗之，不如東周之名存而實亡也。是何也？則不鬻田宅之效也。盤庚之遷，復殷之舊也。古公

茅鹿門曰以下敘二千遷國事錯落而辯

茅鹿門曰雖遷國無害是不由避寇

茅鹿門曰寇雖不肯遷都是爲得計

遷於岐方是時周人如狄人也逐水草而居豈所難哉衛文公東徙渡河恃齊而存耳齊遷臨淄晉遷于絳於新田皆其盛時非有所畏也其餘避寇而遷都未有不亡雖不即亡未有能復振者也春秋時楚大饑群蠻叛之申息之北門不啓楚人謀徙於阪高蔿賈曰不可我能往寇亦能往於是乎以秦人巴人滅庸而楚始大蘇峻之亂晉幾亡矣宗廟宮室盡爲灰燼温嶠欲遷豫章三吳之豪欲遷會稽將從之矣獨王導不可曰金陵王者之都

茅鹿門曰畏冦遷都是爲失計

也王者不以豐儉移都若弘衛文大帛之冠何適而不可不然雖樂土爲墟矣且北冦方彊一旦示弱竄於蠻越望實皆喪矣乃不果遷而晉復安賢哉導也可謂能定大事矣嗟夫平王之初周雖不如楚之彊顧不愈於東晉之微乎使平王有一王導定不遷之計收豐鎬之遺民而修文武成康之政以形勢臨東諸侯齊晉雖彊未敢貳也而秦何自覇哉魏惠王畏秦遷於大梁楚昭王畏吳遷於郢項襄王畏秦遷於陳考烈王畏秦遷於壽春皆

不復振有亡徵焉東漢之末董卓劫帝遷於長安漢遂以亡近世李景遷於豫章亦亡故曰周之失計未有如東遷之謬也

茅鹿門曰篇中以遷之一字為案以無畏而遷者五以有畏而不果遷者二以畏而遷者六共十三國以錯証得失存亡處如一線矣

茅鹿門曰前罪秦始皇誤用趙高人所共知後用秦

始皇論一

秦始皇帝時趙高有罪蒙毅按之當死始皇赦而用之長子扶蘇好直諫上怒使北監蒙恬兵於上郡始皇東遊會稽並海走琅邪少子胡亥李斯蒙毅趙高從道病使蒙毅還禱山川未反而上崩李斯趙高矯詔立胡亥殺扶蘇蒙恬蒙毅卒以亡秦

蘇子曰始皇制天下輕重之勢使内外相形以禁姦備亂者可謂密矣蒙恬將三十萬人威振北方

始皇積威故足以制太子之死而不請人所不知者

上既說智下又說不在智是何等開闔

茅鹿門曰歸本之論

扶蘇監其軍而蒙毅侍帷幄爲謀臣雖有大姦賊敢睥睨其閒哉不幸道病禱祠山川尚有人也而遣蒙毅故高斯得成其謀始皇之遣毅毅見始皇病太子未立而去左右皆不可以言智雖然天之亡人國其禍敗必出於智所不及聖人爲天下不恃智以防亂恃吾無致亂之道耳始皇致亂之道在用趙高夫閹尹之禍如毒藥猛獸未有不裂肝碎首者也自書契以來惟東漢呂彊後唐張承業二人號稱善良豈可望一二於千萬以徼必亡之

再發難起

難處解處俱屬國手

禍哉然世主皆甘心而不悔如漢桓靈唐肅代猶不足深怪始皇漢宣皆英主亦湛於趙高恭顯之禍彼自以爲聰明人傑也奴僕熏腐之餘何能爲及其亡國亂朝乃與庸主不異吾故表而出之以戒後世人主如始皇漢宣者或曰李斯佐始皇定天下不可謂不智扶蘇親始皇子秦人戴之久矣陳勝假其名猶足以亂天下而蒙恬持重兵在外使二人不即受誅而復請之則斯高無遺類矣以斯之智而不慮此何哉蘇子曰嗚呼秦之失道有

見得法酷如此

上面說商鞅之變法始皇之好殺此處斷得好

自來矣豈獨始皇之罪自商鞅變法以殊死爲輕典以參夷爲常法人臣狼顧脅息以得死爲幸何暇復請方其法之行也求無不獲禁無不止鞅自以爲軼堯舜而駕湯武矣及其出亡而無所舍然後知爲法之弊夫豈獨鞅悔之秦亦悔之矣荆軻之變持兵者熟視始皇環柱而走莫之救者以秦法重故也李斯之立胡亥不復忌二人者知威令之素行而臣子不敢復請也二人之不敢請亦知始皇之鷙悍而不可回也豈料其僞也哉周公曰

余同攸曰前面說始皇鷙悍已盡不如此再生議論便死煞了

見得非平易正員

茅鹿門曰千古快論

平易近民民必歸之孔子曰有一言而可以終身行之其恕矣乎夫以忠恕為心而以平易為政則上易知而下易達雖有賣國之姦無所投其隙倉卒之變無自發焉然其令行禁止蓋有不及商鞅者矣而聖人終不以彼易此商鞅立信於徙木立威於棄灰刑其親戚師傅無惻容積威信之極以及始皇秦人視其君如雷電鬼神不可測也古者公族有罪三宥然後制刑今至使人矯殺其太子而不忌太子亦不敢請則威信之過也故夫以法

重答或曰一段說難意

毒天下者未有不反中其身及其子孫者也漢武與始皇皆果於殺者也故其子如扶蘇之仁則寧死而不請如戾太子之悍則寧反而不訴知訴之而不察也戾太子豈欲反者哉計出於無聊也故爲二君之子者有死與反而已李斯之智蓋足以知扶蘇之必不反也吾又表而出之以戒後世人主之果於殺者。

呂東萊曰此篇頭使内外相形一句始皇本無此一意作文字之法要説他後而不是故先張大以虛作實也

茅鹿門曰賈誼過秦在於失攻守之勢子瞻過秦在於破壞先王之法

始皇論二

通篇行文一氣呵成不見痕迹

昔者生民之初不知所以養生之具擊搏挽裂與禽獸爭一旦之命惴惴然朝不謀夕憂死之不給是故巧詐不生而民無知然聖人惡其無別而憂其無以生也是以作爲器用耒耜弓矢舟車網罟之類莫不備至使民樂生便利役御萬物而適其情而民始有以極其口腹耳目之欲器利用便而巧詐生求得欲從而心志廣聖人又憂其桀猾變詐而難治也是故制禮以反其初禮者所以反本

叙聖人所以治天下處錯綜而雜

復始也聖人非不知箕踞而坐不揖而食便於人情而適於四體之安也將必使之習爲迂闊難行之節寬衣博帶佩玉履舄所以回翔容與而不可以馳驟上自朝廷而下至於民其所以視聽其耳目者莫不近於迂闊其衣以黼黻文章其食以籩豆簠簋其耕以井田其進取選舉以學校其治民以諸侯嫁娶死喪莫不有法嚴之以鬼神而重之以四時所以使民自尊而不輕爲姦故曰禮之近於人情者非其至也周公孔子所以區區於升降

茅鹿門曰便利二字秦讞罪案

揖讓之間丁寧反覆而不敢失墜者世俗之所謂迂闊而不知夫聖人之權固在於此也自五帝三代相承而不敢破至秦有天下始皇帝以詐力而并諸侯自以爲智術之有餘而禹湯文武之不知出此也於是廢諸侯破井田凡所以治天下者一切出於便利而不恥於無禮決壞聖人之藩牆而以利器明示天下故自秦以來天下惟知所以求生避死之具而以禮者爲無用贅瘫之物何者其意以爲生之無事乎禮也苟生之無事乎禮則凡

可以得生者無所不爲矣嗚呼此秦之禍所以至今而未息歟昔者始有書契以科斗爲文而其後始見規矩摹畫之迹蓋今所謂大小篆者至秦而更以隸其後日以變革貴於速成而從其易又創爲紙以易簡策是以天下簿書符檄繁多委壓而吏不能究姦人有以措其手足如使今世而尚用古之篆書簡策則雖欲繁多其勢無由由此觀之則凡所以便利天下者是開詐僞之端也嗟夫秦既不可及矣苟後之君子欲治天下而惟便利之

求。則是引民而日趨於詐也。悲夫。

此論見先王之禮不可一日無便利之法不可一日行治天下以便利而不恥於無禮乃秦所以亡也

茅鹿門曰議論勝老泉

蘇文卷之二

漢高帝論

於叔孫通周昌留侯智之所不及者尋一番議論立言頗見正當

有進說於君者因其君之資而為之說則用力寡矣人唯好善而求名是故仁義可以誘而進不義可以刼而退若漢高帝起於草莽之中徒手奮呼而得天下彼知天下之利害與兵之勝負而已安知所謂仁義者哉觀其天資固亦有合於仁義者而不喜仁義之說此如小人終日為不義而至以不義說之則亦怫然而怒故當時之善說者未嘗

茅鹿門曰前已立柱子後分斷

茅鹿門曰此意當時廷臣所少

敢言仁義與三代禮樂之教亦惟曰如此而爲利如此而爲害如此而可如此而不可然後高帝擇其利與可者而從之蓋亦未嘗遲疑天下旣平以愛故欲易太子大臣叔孫通周昌之徒力爭之不能得用留侯計僅得之嘗讀其書至此未嘗不太息以爲高帝最易曉者苟有以當其心彼無所不從盍亦告之以吕后太子從帝起於布衣以至於定天下天下望以爲君雖不肖而大臣心欲之如百歲後誰肯北面事戚姬子乎所謂愛之者秖以

貼骨深入

禍之嗟夫無有以奚齊卓子之所以死爲高帝言者歟叔孫通之徒不足以知天下之大計獨有廢嫡立庶之說而欲持此以却之此固高帝之所輕爲也人固有所不平使如意爲天子惠帝爲臣絳灌之徒圜視而起如意安得而有之孰與其全安而不失爲王之利也如意之爲王而不免於死則亦高帝之過矣不少抑遠之以泄吕后不平之氣而又厚封焉其爲計不已踈乎或曰吕后强悍高帝恐其爲變故欲立趙王此又不然自高帝之時

茅鹿門曰結留矦見留矦僅得之而未善也

覺又接前語

而言之計呂后之年當死於惠帝之手呂后雖悍亦不忍奪之其子以與姪惠帝既死而呂后始有邪謀此出於無聊耳而高帝安得逆知之且夫事君者不能使其心知其所以然以樂從吾說而欲以勢奪之亦已危矣如留矦之計高帝顧戚姬悲歌而不忍特以其勢不得不從是以猶欲區區爲趙王計使周昌相之此其心猶未悟以爲一彊項之周昌足以抗呂氏而捍趙王不知周昌激其怒而速之死耳古之善原人情而深識天下之勢者

無如高帝然至此而惑亦無有告之者悲夫

茅鹿門曰以高帝之英雄而群臣不能爭其如意之欲立以武帝之奇氣而廷臣不能明其太子之被讒戚爽之過也

三七六

茅鹿門曰行文亦從戰國來而浸淫以本色故多婀娜綽約處

文字藏机處

下重戰而盡其功輕爲而至於敗伏案於此

魏武帝論

世之所謂智者知天下之利害而審乎計之得失如斯而已矣此其爲智猶有所窮唯見天下之利而爲之唯其害而不爲則是有時而窮焉亦不能盡天下之利古之所謂大智者知天下利害得失之計而權之以人是故有所犯天下之至危而卒以成大功者此以其人權之輕敵者敗重敵者無成功何者天下未嘗有百全之利也舉事而待其百全則必有所格是故知吾之所以勝人而人不

知其所以勝我者天下莫能敵之昔者晉荀息知虞公必不能用宫之奇齊鮑叔知魯君必不能用施伯薛公知黥布必不出於上策此三者皆危道也而直犯之彼不知用其所長又不知出吾之所忌是故不可以冒害而就利自三代之亡天下以詐力相并其道術政教無以相過而能者得之當漢氏之衰豪傑並起而圖天下二袁董吕争爲彊暴而孫權劉備又以區區於一隅其用兵制勝固不足以敵曹氏然天下終於分裂訖魏之世而不

李康門曰論魏武事首尾甚悉

重發而喪其功

輕為而至於敗

卷上意

能一蓋嘗試論之魏武長於料事而不長於料人是故有所重發而喪其功有所輕爲而至於敗劉備有蓋世之才而無應卒之機方其新破劉璋蜀人未附一日而四五驚斬而不能禁釋此時不取而其後遂至於不敢加兵者終其身孫權勇而有謀此不可以聲勢恐喝取也魏武不用中原之長而與之爭於舟楫之間一日一夜行三百里以爭利犯此二敗以攻孫權是以喪師於赤壁以成吳之强且夫劉備可以急取而不可以緩圖方其危

只以起意作結又徹出當權之人

疑之間卷甲而趨之雖兵法之所忌可以得志孫權者可以計取而不可以勢破也而欲以荆州新附之卒乘勝而取之彼非不知其難特欲僥倖於權之不敢抗也此用之於新造之蜀乃可以逞故夫魏武重發於劉備而喪其功輕爲於孫權而至於敗此不亦長於料事而不長於料人之過歟嗟夫事之利害計之得失天下之能者舉知之而不能權之以人則亦紛紛焉或勝或負爭爲雄彊而未見其能一也

有所重發而喪其功有所輕爲而至於敗魏武長於料事而不長於料人處首尾以此意發揮

茅鹿門曰行文斷續不羈一篇柱子

轉折處筆力高

茅鹿門曰將小形大便是

伊尹論

辨天下之大事者有天下之大節者也立天下之大節者狹天下者也夫以天下之大而不足以動其心則天下之大節有不足立而大事有不足辨者矣今夫匹夫匹婦皆知潔廉忠信之爲美也使其果潔廉而忠信則其智慮未始不如王公大人之能也唯其所爭者止於簞食豆羮而簞食豆羮足以動其心則宜其智慮之不出乎此也簞食豆羮非其道不取則一鄉之人莫敢以不正犯之矣

特然

正意說而不盡治在後重發

一鄉之人莫敢以不正犯之而不能辯一鄉之事者未之有也推此而上其不取者愈大則其所辯者愈遠矣讓天下與讓簞食豆羹無以異也治天下與治一鄉亦無以異也然而不能者有所蔽也天下之富是簞食豆羹之積也天下之大是一鄉之推也非千金之子不能運千金之資販夫販婦得一金而不知其所措非智不若所居之卑也孟子曰伊尹耕於有莘之野非其道也非其義也雖祿之以天下弗受也夫天下不能動其心是故其

才全以其全才而制天下是故臨大事而不亂古之君子必有高世之行非苟求爲異而已卿相之位千金之富有所不屑將以自廣其心使窮達利害不能爲之芥蔕以全其才而欲有所爲耳後之君子蓋亦嘗有其志矣得失亂其中而榮辱奪其外是以役役至于老死而不暇亦足悲矣孔子敘書至于舜禹皐陶相讓之際蓋未嘗不太息也夫以朝廷之尊而行匹夫之讓孔子安取哉取其不汲汲於富貴有以大服天下之心焉耳夫太甲之

重蹊正意前說有守然後有爲此說有爲者惟其有守是一順一倒文法

廢天下未嘗有是而伊尹始行之天下不以爲驚以臣放君天下不以爲僭既放而復立太甲不以爲專何則其素所不屑者足以取信於天下也彼其視天下眇然不足以動其心而豈恐以廢放其君求利也哉後之君子蹈常而習故惴惴焉懼不免於天下一爲希闊之行則天下羣起而誚之不知求其素而以爲古今之變時有所不可者亦已過矣夫

行大事

呂雅山曰通篇過渡處負活流動真是角宣徵應不期然而然非神解不能至此

用智之難

孫武論一

不從於利乃可以用智此謀甚高

善罵孫子

古之言兵者無出於孫子矣利害之相權奇正之相生戰守攻圍之法蓋以百數雖欲加之而不知所以加之矣然其所短者智有餘而未知其所以用智此豈非其所大闕歟夫兵無常形而逆爲之形勝無常處而多爲之地是以其說屢變而不同縱橫委曲期於避害而就利雜然舉之而聽用者之自擇也是故不難於用而難於擇擇之爲難者何也銳於西而忘於東見其利而不見其所窮得

智一用則三患皆至

智出於三患之外方可用

其一謊而不知其又有一謊也此豈非用智之難歟夫智本非所以教人以智而教人者是君子之急於有功也變詐汨其外而無守於其中則是五尺童子皆欲爲之使人勇而不自知貪而不顧以陷於難則有之矣深山大澤有天地之寶無意於寶者得之操舟於河舟之逆順與水之曲折忘於水者見之是故惟天下之至廉爲能貪惟天下之至靜爲能勇惟天下之至信爲能詐何者不役於利也夫不役於利則其見之也明見之也明則其

即聖人之事見

發之也果古之善用兵者見其害而後見其利見其敗而後見其成其心閒而無事是以若此明也不然兵未交而先志於得則將臨事而惑雖有大利尚安得而見之若夫聖人則不然居天下於貪而自居於廉故天下之貪者皆可得而用居天下於勇而自居於靜故天下之勇者皆可得而役居天下於詐而自居於信故天下之詐者皆可得而使天下之人欲有功於此而卽以此自居則功不可得而成是故君子居晦以御明則明者畢見居

陰以御陽則陽者畢赴夫然後孫子之智可得而用也易曰介于石不終日貞吉君子方其未發也介然如石之堅若將終身焉者及其發也不終日而作故曰不役於利則其見之也明見之也明則其發之也果今夫世俗之論則不然曰兵者詭道也非貪無以取非勇無以得非詐無以成廉靜而信者無用於兵者也嗟夫世俗之說行則天下紛紛乎如鳥獸之相搏嬰兒之相擊强者傷弱者廢而天下之費何從而已乎

言不足信

茅鹿門曰此篇是借題說自家議論

茅鹿門曰總提後分解

天子之兵莫大於御將

孫武論二

兩肩平說意自錯綜

夫武戰國之將也知爲吳慮而已矣是故以將用之則可以君用之則不可今其書十三篇小至部曲營壘芻糧器械之間而大不過於攻城拔國用間之際蓋亦盡於此矣天子之兵天下之勢武未及也其書曰將能而君不御者勝爲君而言者有此而已竊以爲天子之兵莫大於御將天下之勢莫大於使天下樂戰而不好戰夫天下之患不在於寇賊亦不在於敵國患在於將帥之不力而以

寇賊敵國之勢内邀其君是故將帥多而敵國愈彊兵加而寇賊愈堅敵國愈彊而寇賊愈堅則將帥之權愈重將帥之權愈重則爵賞不得不加夫如此則是盜賊爲君之患而將帥利之敵國爲君之讐而將帥幸之舉百倍之勢而立毫芒之功以藉其口而邀利於其上如此而天下不亡者特有所待耳昔唐之亂始於明皇自肅宗復兩京而不能乘勝并力盡取河北之盜德宗收潞博幾定魏地而不能斬田悅於孤窮之中至於憲宗天下略

先説後收

茅鹿門曰深得御將之術而喻亦精切

先提後説

平矣而其餘孽之存者終不能盡去夫唐之所以屢興而終莫之振者何也將帥之臣養寇以自封也故曰天子之兵莫大於御將御將之術開之以其所利而授之以其所忌如良醫之用藥烏喙蝮蝎皆得自效於前而不敢肆其毒何者授之以其所畏也憲宗將討劉闢以爲非高崇文則莫可用而劉澭者崇文之所忌也故告之曰闢之不克將澭實汝代是以崇文決戰不旋踵擒劉闢此天子御將之法也夫使天下樂戰而不好戰者何也天

天下之勢莫大於使天下樂戰而不好戰

下不樂戰則不可與從事於危好戰則不可與從事於安昔秦人之法使吏士自爲戰戰勝而利歸於民所得於敵者即以有之使民之所以養生送死者非殺敵無由取也故其民以好戰并天下而亦以亡夫始皇雖已墮名城殺豪傑銷鋒鏑而民之好戰之心囂然其未已也是故不可與休息而至於亡若夫王者之民要在於使之知愛其上而讐其敵使之知其上之所以驅之於戰者凡皆以爲我也是以樂其戰而甘其死至於其戰也務勝

無結束別是一体

敵而不務得財。其賞也。發公室而行之於廟。使其利不在於殺人。是故其民不志於好戰。夫然後可以作之於安居之中。而休之於爭奪之際。可與安可與危而不可與亂。此天下之勢也。

蘇鹿門曰論孫武而發武之兵書所不及蓋亦鑒宋之御將之無術而北士卒狃於弱而不能戰之故也

茅鹿門曰霸者之論自是刺骨

茅鹿門曰以宋襄徐偃譬樂毅儆的之射也

茅鹿門曰以范張二人作

樂毅論

通篇主意只是罪毅不能急攻

自知其可以王而王者三王也自知其不可以王而霸者五霸也或者之論自圖王不成其弊猶可以霸嗚呼使齊桓晉文而行湯武之事將求亡之不暇雖欲霸可得乎夫王道者不可以小用也大用則王小用則亡昔者徐偃王宋襄公嘗行仁義矣然終以亡其身喪其國者何哉其所施者未足以充其所求也故夫有可以得天下之道而無取天下之心乃可與言王矣范蠡留侯雖非湯武之

欲其急攻如范蠡留侯意思在求

佐然亦可謂剛毅果敢卓然不惑而能有所必爲者也觀吳王困於姑蘇之上而求哀請命于勾踐勾踐欲赦之彼范蠡者獨以爲不可援桴進兵卒刎其頸項籍之解而東高帝亦欲罷兵歸國留侯諫曰此天亡也急擊勿失此二人者以爲區區之仁義不足以易吾之大計也嗟夫樂毅戰國之雄未知大道而竊嘗聞之則足以亡其身而已矣論者以爲燕惠王不肯用反間以騎劫代將卒走樂生此其所以無成者出於不幸而非用兵之罪然

當時使昭王尚在反間不得行樂毅終亦必敗何者燕之并齊非秦楚三晉之利今以百萬之師攻兩城之殘寇而數歲不决師老於外此必有乘其虚者矣諸侯乘之於内齊擊之於外當此時雖大公穰苴不能無敗然樂毅以百倍之衆數歲而不能下兩城者非其智力不足蓋欲以仁義服齊之民故不忍急攻而至於此也夫以齊人苦湣王之强暴樂毅苟退而休兵治其政令寬其賦役反其田里安其老幼使齊人無復鬬志則田單者獨誰

與戰哉柰何以百萬之師相持而不决此固所以使齊人得徐而爲之謀也當戰國時兵彊相吞者豈獨在我以燕齊之衆壓其城而急攻之可滅此而後食其譬曰不可嗚呼欲王則王不王則霸所處無使兩失焉而爲天下笑也

攝結應起有收煞

戰國任俠論

議論有次第

春秋之末至於戰國諸侯卿相皆爭養士自謀夫說客談天雕龍堅白同異之流下至擊劒扛鼎雞鳴狗盜之徒莫不靡衣玉食以館於上者何可勝數越王勾踐有君子六千人魏無忌齊田文趙勝黃歇呂不韋皆有客三千人而田文招致任俠姦人六萬家於薛齊稷下談者亦千人魏文侯燕昭王太子丹皆致客無數下至秦漢之

茅鹿門曰文氣直見倒黄河之水

間張耳陳餘號多士賔客厮養皆天下豪傑而田横亦有士五百人其畧見於傳記者如此此度其餘當倍官吏而半農夫也此皆姦民蠹國者民何以支而國何以堪乎

蘇子曰此先王之所不能免也國之有姦也猶鳥獸之有猛鷙昆蟲之有毒螫也區處條理使各安其處則有之矣鋤而盡去之則無是道也吾考之世變知六國之所以久存而秦之所以速亡者盖出於此不可以不察也夫智勇辯力此四者皆天

六國之所以久存

民之秀傑者也類不能惡衣食以養人皆役人以自養者也故先王分天下之富貴與此四者共之此四者不失職則民靖矣四者雖異先王因俗設法使出於一三代以上出於學戰國至秦出於客漢以後出於郡縣吏魏晉以來出於九品中正隋唐至今出於科舉雖不盡然取其多者論之六國之君虐用其民不減始皇二世然當是時百姓無一人叛者以凡民之秀傑者多以客養之不失職也其力耕以奉上皆椎魯無能爲者雖欲怨叛而

秦之所以速亡

茅鹿門曰以感慨情事行議論

莫爲之先此其所以少安而不卽亡也始皇初欲逐客用李斯之言而止旣并天下則以客爲無用於是任法而不任人謂民可以恃法而治謂吏不必才取能守吾法而已故墮名城殺豪傑民之秀異者散而歸田畝向之食於四公子呂不韋之徒者皆安歸哉不知其能槁項黄馘以老死於布褐乎抑將輟耕太息以俟時也秦之亂雖成於二世然使始皇知畏此四人者有以處之使不失職秦之亡不至若是速也縱百萬虎狼於山林而饑渴

自此一段文勢方厚

結尾歸到正論

之不知其將噬人世以始皇爲智吾不信也楚漢之禍生民盡矣豪傑宜無幾而代相陳豨從車千乘蕭曹爲政莫之禁也至文景武之世法令至密然吳濞淮南梁王魏其武安之流皆爭致賓客世主不問也豈懲秦之禍以爲爵禄不能盡縻天下士故少寛之使得或出於此也耶若夫先王之政則不然曰君子學道則愛人小人學道則易使也嗚呼此豈秦漢之所及也哉

茅鹿門曰滑之羅紮一一刺骨

范增論　此篇與賈誼論俱立柱分應

漢用陳平計間疎楚君臣項羽疑范增與漢有私稍奪其權增大怒曰天下事大定矣君王自爲之願賜骸骨歸卒伍歸未至彭城疽發背死

蘇子曰增之去善矣不去羽必殺增獨恨其不蚤耳然則當以何事去增勸羽殺沛公羽不聽終以此失天下當於是去耶曰否增之欲殺沛公人臣之分也羽之不殺猶有人君之度也增曷爲以此

樓迂齋曰不便說增合去處且引詩易二語文勢不通亦是爲下面說增不知幾張本

去哉易曰知幾其神乎詩曰相彼雨雪先集維霰增之去當於羽殺卿子冠軍時也（至此方露）陳涉之得民也以項燕扶蘇項氏之興也以立楚懷王孫心而諸侯叛之也以弒義帝且義帝之立增爲謀主矣義帝之存亡豈獨爲楚之盛衰亦增之所以同禍福也未有義帝亡而增獨能久存者也羽之殺卿子冠軍也是弒義帝之兆也其弒義帝則疑增之本也豈必待陳平哉物必先腐也而後蟲生之人必先疑也而後讒入之陳平雖智安能間無疑之主

謝疊山曰此一段乃是無中生有死中求活

哉吾嘗論義帝天下之賢主也獨遣沛公入關而不遣項羽識卿子冠軍於稠人之中而擢以爲上將不賢而能如是乎羽旣矯殺卿子冠軍義帝必不能堪非羽殺帝則帝殺羽不待智者而後知也增始勸項梁立義帝諸侯以此服從中道而弑之非增之意也夫豈獨非其意將必力爭而不聽也不用其言而殺其所立羽之疑增必自是始矣方羽殺卿子冠軍增與羽比肩而事義帝君臣之分未定也爲增計者力能誅羽則誅之不能則去之

豈不毅然大丈夫也哉增年已七十合則留不合則去不以此時明去就之分而欲依羽以成功陋矣雖然增高帝之所畏也增不去項羽不亡嗚呼增亦人傑也哉

謝疊山曰結句不盡貶范增又許之爲人傑正如韓文公淨臣論攻擊不遺餘力結句乃曰陽子將不得爲善人乎如此方是公論

茅鹿門曰此文只是一意反覆滚滚議論然子瞻胸中見解亦本黄老來也

茅鹿門曰俱是將無作有

留侯論

一意反覆到底中間生枝生葉愈出愈奇

古之所謂豪傑之士者必有過人之節人情有所不能忍者匹夫見辱拔劒而起挺身而鬬此不足爲勇也天下有大勇者卒然臨之而不驚無故加之而不怒此其所挾持者甚大而其志甚遠也夫子房受書於圯上之老人也其事甚怪然亦安知其非秦之世有隱君子者出而試之觀其所以微見其意者皆聖賢相與警戒之義而世不察以爲鬼物亦已過矣且其意不在書當韓之亡秦之方

盛也以刀鋸鼎鑊待天下之士其平居無罪夷滅者不可勝數雖有賁育無所復施夫持法太急者其鋒不可犯而其勢未可乘子房不忍忿忿之心以匹夫之力而逞於一擊之間當此之時子房之不死者其間不能容髮蓋亦已危矣千金之子不死於盜賊何者其身之可愛而盜賊之不足以死也子房以蓋世之才不爲伊尹太公之謀而特出於荊軻聶政之計以僥倖於不死此圯上之老人所爲深惜者也是故倨傲鮮腆而深折之彼其能

茅鹿門曰又提前語重發之

茅鹿門曰總露正意極精神極蕩漾

有所忍也然後可以就大事故曰孺子可教也楚莊王伐鄭鄭伯肉袒牽羊以迎莊王曰其君能下人必能信用其民矣遂舍之勾踐之困於會稽而歸臣妾於吳者三年而不勌且夫有報人之志而不能下人者是匹夫之剛也夫老人者以爲子房才有餘而憂其度量之不足故深折其少年剛銳之氣使之忍小忿而就大謀何則非有平生之素卒然相遇於草野之間而命以僕妾之役油然而不怪者此固秦皇帝之所不驚而項籍之所不能

能怒也觀夫高帝之所以勝而項籍之所以敗者在能忍與不能忍之間而已矣項籍惟不能忍是以百戰百勝而輕用其鋒高祖忍之養其全鋒而待其弊此子房教之也當淮陰破齊而欲自王高祖發怒見於辭色由此觀之猶有剛彊不忍之氣非子房其誰全之太史公疑子房以爲魁梧奇偉而其狀貌乃如婦人女子不稱其志氣嗚呼此其所以爲子房歟

謝疊山曰能忍與不能忍是一篇主意

王遵岩曰若斷若續變幻不羈曲盡操縱之妙

茅鹿門曰細觀此文子瞻高於賈生一格

欲得其君與不忍棄其君

賈誼論

非才之難所以自用者實難惜乎賈生王者之佐而不能自用其才也夫君子之所取者遠則必有所待所就者大則必有所忍古之賢人皆有可致之才而卒不能行其萬一者未必皆其時君之罪或者其自取也愚觀賈生之論如其所言雖三代何以遠過得君如漢文猶且以不用死然則是天下無堯舜終不可以有所爲耶仲尼聖人歷試於天下苟非大無道之國皆欲勉彊扶持庶幾一日

作一段看

愛其身作徒看

得行其道將之荆先之以子夏申之以冉有君子之欲得其君如此其勤也孟子去齊三宿而後出晝猶曰王改庶幾召我君子之不忍棄其君如此其厚也公孫丑問曰夫子何爲不豫孟子曰方今天下舍我其誰哉而吾何爲不豫君子之愛其身如此其至也夫如此而不用然後知天下之果不足與有爲而可以無憾矣若賈生者非漢文之不用生生之不能用漢文也夫絳侯親握天子璽而授之文帝灌嬰連兵數十萬以決劉呂之雄雌又

皆高帝之舊將此其君臣相得之分豈特父子骨肉手足哉賈生洛陽之少年欲使其一朝之間盡棄其舊而謀其新亦已難矣爲賈生者上得其君下得其大臣如絳灌之屬優游浸漬而深交之使天子不疑大臣不忌然後舉天下而惟吾之所欲爲不過十年可以得志安有立談之間而遽爲人痛哭哉觀其過湘爲賦以弔屈原悲鬱憤悶趯然有遠舉之志其後卒以自傷哭泣至于夭絕是亦不善處窮者也夫謀之一不見用安知終不復用

茅鹿門曰：忽又歸過於君。

也不知默默以待其變而自殘至此嗚呼賈生志大而量小才有餘而識不足也古之人有高世之才必有遺俗之累是故非聰明睿哲不惑之主則不能全其用古今稱苻堅得王猛于草茅之中一朝盡斥去其舊臣而與之謀彼其匹夫畧有天下之半以此哉愚深悲賈生之志故備論之亦使人君得如賈誼之臣則知其有狷介之操一不見用則憂傷病沮不能復振而爲賈生者亦慎其所發哉

唐荊川曰：不能深交絳灌，不知默默自待，本是兩柱子，而文字渾融不見蹤跡。

茅鹿門曰以錯之不自將而爲居守處尋一破綻議論却好

鼂錯論

天下之患最不可爲者名爲治平無事而其實有不測之憂坐觀其變而不爲之所則恐至於不可救。起而强爲之。則天下狃於治平之安而不吾信。唯仁人君子豪傑之士。爲能出身爲天下犯大難以求成大功。此固非勉强朞月之間。而苟以求名者之所能也。天下治平無故而發大難之端吾發之。吾能收之。然後能免難於天下。事至而循循焉欲去之使他人任其責則天下之禍必集於我。昔

議論槩端

主意

者鼂錯盡忠爲漢謀弱山東之諸矦山東諸矦並起以誅錯爲名而天子不之察以錯爲説天下悲錯之以忠而受禍而不知錯之有以取之也古之立大事者不唯有超世之才亦必有堅忍不拔之志昔禹之治水鑿龍門决大河而放之海方其功之未成也蓋亦有潰冒衝突可畏之患惟能前知其當然事至不懼而徐爲之所是以得至於成功夫以七國之彊而驟削之其爲變豈足怪哉錯不以此時捐其身爲天下當大難之衝而制吳楚之

有此一假文勢衝徐

命乃爲自全之計欲使天子自將而已居守且夫發七國之難者誰乎已欲求其名安所逃其患以自將之至危與居守之至安已爲難首擇其至安而遺天子以其至危此忠臣義士所以憤惋而不平者也當此之時雖無袁盎錯亦未免于禍何者已欲居守而使人主自將以情而言天子固已難之矣而重違其議是以袁盎之說得行于其間使吳楚反錯以身任其危日夜淬礪東向而待之使不至于累其君則天子將恃之以爲無恐雖有百

咏嘆作結

袁盎可得而間哉嗟夫世之君子欲求非常之功則無務爲自全之計使錯自將而擊吴楚未必無功唯其欲自固其身而天子不悦奸臣得以乘其隙錯之所以自全者乃其所以自禍歟

謝疊山曰此篇先立冒頭然後入事又是一格老蘇公故明於人情有憂深思遠之智有排難解紛之勇不特文章之工也

茅鹿門曰光總只是一箇凝重故幹了大事

霍光論

文氣平暢筆思便捷

古之人惟漢武帝號知人蓋其平生所用文武將帥郡國邊鄙之臣左右侍從陰陽律曆博學之士以至錢穀小吏治刑獄使絕域者莫不獲盡其才而各當其處然猶有所試其功效著見天下之所共知而信者至於霍光先無尺寸之功而才氣數術又非有以大過於群臣而武帝擢之於稠人之中付以天下後世之事而霍光又能忘身一心以輔幼主處於廢立之際其舉措甚閑而不亂此其

設此二段捺上則文勢行緩

故何也夫欲有所立於天下擊搏進取以求非常之功者則必有卓然可見之才而後可以有望於其成至於捍社稷託幼子此其難者不在乎才而在乎節不在乎節而在乎氣天下固有能辦其事者矣然才高而位重則有僥倖之心以一時之功而易萬世之患故曰不在乎才而在乎節古之人有失之者司馬仲達是也天下亦有忠義之士可託以死生之間而不恐負者矣然狷介廉潔不爲不義則輕死而無謀能殺其身而不能全其國故

曰不在乎節而在乎氣古之人有失之者晉荀息是也夫霍光者才不足而氣節有餘此武帝之所爲取也書曰如有一个臣斷斷兮無他技其心休休焉其如有容焉人之有技若巳有之人之彥聖其心好之不啻若自其口出寔能容之以保我子孫黎民嗟夫此霍光之謂歟使霍光而有他技則其心安能休休焉容天下之才而樂天下之彥聖不忌不克若自巳出哉才者爭之端也夫惟聖人在上驅天下之人各走其職而爭用其所長苟以

掉尾應首

人臣之勢而居於廊廟之上以捍衛幼冲之君而以區區之才與天下爭能則姦臣小人有以乘其隙而奪其權矣霍光以匹夫之微而操生殺之柄威蓋人主而貴震於天下其所以歷事三主而終其身天下莫與爭者以其無他技而武帝亦以此取之歟

茅鹿門曰：行文好而以間跡丕植爲譏，終似畫餅。

諸葛亮

偉麗高爽可爲翻建文勢之法

取之以仁義守之以仁義者周也取之以詐力守之以詐力者秦也以秦之所以取取之以周之所以守守之者漢也仁義詐力雜用以取天下者此孔明之所以失也曹操因衰乘危得逞其奸孔明恥之欲信大義於天下當此時曹公威震四海東據許兗南牧荊豫孔明之所恃以勝之者獨以其區區之忠信有以激天下之心耳夫天下廉隅節槩慷慨死義之士固非心服曹氏也特以威劫而

不能全信義以服天下之心

強臣之聞孔明之風宜其千里之外有響應者如此則雖無措足之地而天下固爲之用矣且夫殺一不義而得天下有所不爲而後天下忠臣義士樂爲之死劉表之喪先主在荊州孔明欲襲殺其孤先王不忍也其後劉璋以好逆之至蜀不數月扼其吭拊其背而奪之國此其與曹操異者幾希矣曹劉之不敵天下之所知也言兵不若曹操之多言地不若曹操之廣言戰不若曹操之能而有以一勝之者區區之忠信也孔明遷劉璋既已失

不能奮智謀以絶曹氏之手足

茅鹿門曰此一着雖似有奇策但植於是時特以詩文沉酗耳原無奪立之意

天下義士之望乃始治兵振旅爲仁義之師東向長驅而欲天下響應蓋已難矣曹操既死子丕代立當此之時可以計破也何者操之臨終召丕而屬之植未嘗不以譚尚爲戒也而丕與植終於相殘如此此其父子兄弟且爲寇讐而況能以得天下英雄之心哉此有可間之勢不過捐數十萬金使其大臣骨肉内自相殘然後舉兵而伐之此高祖所以滅項籍也孔明既不能全其信義以服天下之心又不能奮其智謀以絶曹氏之手足宜其

屢戰而屢却哉故夫敵有可間之勢而不間者湯武行之爲失義非湯武而行之爲失機此仁人君子之大患也呂温以爲孔明承桓靈之後不可彊民以恩漢欲其播告天下之民且曰曹氏利汝吾事之害汝吾誅之不知蜀之與魏果有以大過之乎苟無以大過之而又决不能事魏則天下安肯以空言竦動哉嗚呼此書生之論可言而不可用也

非純正之論然議論風生英藻駿發亦足以膾炙人口

茅鹿門曰雖非知思孟之學者而其文自圓

子思論

借客形主別是一番格局其非孟子處議論亦正然文字却自佳 立○案

昔者夫子之文章非有意於文是以未嘗立論也所可得而言者唯其歸於至當斯以爲聖人而已矣夫子之道可由而不可知可言而不可議此其不爭爲區區之論以開是非之端是以獨得不廢以與天下後世爲仁義禮樂之主夫子既沒諸子之欲爲書以傳於後世者其意皆存乎爲文汲汲乎惟恐其汩沒而莫吾知也是故皆喜立論論立而爭起自孟子之後至於荀卿楊雄皆務爲相攻

有意於久而皆喜立論

之說其餘不足數者紛紜於天下嗟夫夫子之道不幸而有老聃莊周楊朱墨翟田駢愼到申不害韓非之徒各持其私說以攻乎其外天下方將惑之而未知其所適從柰何其弟子門人又內自相攻而不決千載之後學者愈衆而夫子之道益晦而不明者由此之故歟昔三子之爭起於孟子孟子曰人之性善是以荀子曰人之性惡而楊子又曰人之性善惡混孟子既已據其善是故荀子不得不出於惡人之性有善惡而已二子既已據之

楊子思抑孟子一篇機軸

是以楊子亦不得不出於善惡混也爲論不求其精而務以爲異於人則紛紛之說未可以知其所止且夫夫子未嘗言性也蓋亦嘗言之矣而未有必然之論也孟子之所謂性善者皆出於其師子思之書子思之書皆聖人之微言篤論孟子得之而不善用之能言其道而不知其所以爲言之名舉天下之大而必之以性善之論昭昭乎自以爲的於天下使天下之過者莫不欲援弓而射之故夫二子之爲異論者皆孟子之過也若夫子思之

握於此中

論則不然曰夫婦之愚可以與知焉及其至也雖聖人亦有所不知焉夫婦之不肖可以能行焉及其至也雖聖人亦有所不能焉聖人之道造端乎夫婦之所能行而極乎聖人之所不能知造端乎夫婦之所能行是以天下無不可學而極乎聖人之所不能知是以學者不知其所窮夫如是則惻隱足以爲仁而仁不止於惻隱羞惡足以爲義而義不止於羞惡此不亦孟子之所以爲性善之論歟子思論聖人之道出於天下之所能行而孟子

題目是子思只從孟子身上發議論開鍵緊切處全在此數行

論天下之人皆可以行聖人之道此無以異者而子思取必於聖人之道孟子取必於天下之人故夫後世之異議皆出於孟子而子思之論天下同是而莫或非焉然後知子思之善爲論也

唐荊川曰借客形主轉入於千仞之上

孟軻論

昔者仲尼自衛反魯，網羅三代之舊聞，盖經禮三百，曲禮三千，終年不能究其說。夫子謂子貢曰：「賜，爾以吾爲多學而識之者與？」「非也，予一以貫之。」天下苦其難而莫之能用也，不知夫子之有以貫之也。是故堯舜禹湯文武周公之法度禮樂刑政，與當世之賢人君子，百家之書，百工之技藝，九州之內，四海之外，九夷八蠻之事，荒忽誕謾而不可考者，雜然皆列于胷中，而有卓然不可亂者，此固有以一之也是以博學而不亂深思而不惑非天下之至精其孰能與於此盖嘗求之於六經至於詩與春秋之際而後知聖人之道始終本末各有條理夫王化之本始於天下之易行天下固知有父子也父子不相賊而足以爲孝矣天下固知有兄弟也兄弟不相奪而足以爲悌矣孝悌足而王道備此固非有深遠而難見勤苦而難行者也故詩之爲教也使人歌舞佚樂無所不至要在於不失正焉而已矣雖然聖人固有所甚畏也一失容者

聯屬前意有巧筆

禮之所由廢也。一失言者義之所由亡也。君臣之相攘。上下之相殘。天下大亂。未嘗不始於此道。是故春秋力爭於毫釐之間。而深明乎疑似之際。截然其有所必不可爲也。不觀於詩無以見王道之易。不觀於春秋無以知王政之難。自孔子沒。諸子各以所聞著書。而皆不得其源流。故其言無有統要。若孟子可謂深於詩而長於春秋者矣。其道始於至粗而極於至精。充乎天地。放乎四海。而毫釐有所必計。至寬而不可犯。至密而可樂者。此其中

略一轉便見精神

必有所守而後世或未之見也。且孟子嘗有言矣。人能充其無欲害人之心。而仁不可勝用也。人能充其無欲爲穿窬之心。而義不可勝用也。士未可以言而言。是以言餂之也。可以言而不言。是以不言餂之也。是皆穿窬之類也。惟其不爲穿窬也。而義至於不可勝用。唯其未可以言而言。可以言而不言也。而其罪遂至於穿窬。故曰其道始於至粗而極於至精。充乎天地。放乎四海。而毫釐有所必計。嗚呼。此其所以爲孟子歟。後之觀孟子者。無觀

過孟子語

忽然轉

之他。亦觀諸此而已矣。

孔子多識一貫之語詩與春秋之教孟子穿鑿之説本是散漫無情之言坡公引來立論妙在打成一片非奇思高手何以能之

四四〇

茅鹿門曰以其所傳攻其所蔽荀卿當深服

荀卿論

嘗讀孔子世家觀其言語文章循循然莫不有規矩不敢放言高論言必稱先王然後知聖人憂天下之深也茫乎不知其畔岸而非遠也浩乎不知其津涯而非深也其所言者匹夫匹婦之所共知而所行者聖人有所不能盡也嗚呼是亦足矣使後世有能盡吾說者雖爲聖人無難而不能者不失爲寡過而已矣子路之勇子貢之辯冉有之智此三者皆天下之所謂難能而可貴者也然三子

本李斯形荀卿老吏斷獄手絕高

者毋不爲夫子之所悅顏淵默然不見其所能若無以異於衆人者而夫子亟稱之且夫學聖人者豈必其言之云爾哉亦觀其意之所嚮而已夫子以爲後世必有不足行其說者矣必有竊其說而爲不義者矣是故其言平易正直而不敢爲非常可喜之論要在於不可易也昔者常怪李斯事荀卿旣而焚滅其書大變古先聖王之法於其師之道不啻若寇讎及今觀荀卿之書然後知李斯之所以事秦者皆出於荀卿而不足怪也荀卿者喜

爲異說而不讓敢爲高論而不顧者也其言愚人之所驚小人之所喜也子思孟軻世之所謂賢人君子也荀卿獨曰亂天下者子思孟軻也天下之人如此其衆也仁人義士如此其多也荀卿獨曰人性惡桀紂性也堯舜僞也由是觀之意其爲人必也剛愎不遜而自許太過彼李斯者又特甚者耳今夫小人之爲不善猶必有所顧忌是以夏商之亡桀紂之殘暴而先王之法度禮樂刑政猶未至於絶滅而不可考者是桀紂猶有所存而不敢

歸過荀卿其文中的一字不可更易

孔子起後仍孔子估

盡廢也彼李斯者獨能奮而不顧焚燒夫子之六經烹滅三代之諸侯破壞周公之井田此亦必有所恃者矣彼見其師歷詆天下之賢人以自是其愚以爲古先聖王皆無足法者不知荀卿特以快一時之論而荀卿亦不知其禍之至於此也其父殺人報仇其子必且行劫荀卿明王道述禮樂而李斯以其學亂天下其高談異論有以激之也孔孟之論未嘗異也而天下卒無有及者苟天下果無有及者則尚安以求異爲哉

充放寬一着
述申韓之學

韓非論

運筆構思明爽嚴勁宜佩之衣帶間

聖人之所爲惡夫異端盡力而排之者非異端之能亂天下而天下之亂所由出也昔周之衰有老聃莊周列禦寇之徒更爲虛無淡泊之言而治其猖狂浮游之說紛紜顛倒而卒歸於無有由其道者蕩然莫得其當是以忘乎富貴之樂而齊乎死生之分此不得志於天下高世遠舉之人所以放心而無憂雖非聖人之道而其用意固亦無惡於天下自老聃之死百餘年有商鞅韓非著書言治

入老莊之罪爲下段張本

天下無若刑名之賢及秦用之終於勝廣之亂教化不足而法有餘秦以不祀而天下被其毒後世之學者知申韓之罪而不知老聃莊周之使然何者仁義之道起於夫婦父子兄弟相愛之間而禮法刑政之原出於君臣上下相忌之際相愛則有所不忍相忌則有所不敢不敢與不忍之心合而後聖人之道得存乎其中今老聃莊周論君臣父子之間汎汎乎若萍游於江湖而適相值也夫是以父不足愛而君不足忌不忌其君不愛其父則

仁不足以懷義不足以勸禮樂不足以化此四者皆不足用而欲置天下於無有夫無有豈誠足以治天下哉商鞅韓非求爲其說而不得得其所以輕天下而齊萬物之術是以敢爲殘忍而無疑今夫不忍殺人而不足以爲仁而仁亦不足以治民則是殺人不足以爲不仁而不仁亦不足以亂天下如此則舉天下唯吾之所爲刀鋸斧鉞何施而不可昔者夫子未嘗一日易其言雖天下之小物亦莫不有所畏今其視天下眇然若不足爲者此

茅鹿門曰自說破根子

其所以輕殺人歟太史遷曰申子卑卑施於名實韓子引繩墨切事情明是非其極慘礉少恩皆原於道德之意嘗讀而思之事固有不相謀而相感者莊老之後其禍爲申韓由三代之衰至於今凡所以亂聖人之道者其弊固已多矣而未知其所終奈何其不爲之所也

姜鳳阿曰此論韓非之禍原於老莊即是論李斯之禍出於荀卿